작은 손끝에서 시작하는

우리 아이 그림

작은 손끝에서 시작하는
우리 아이 그림

초 판 1쇄 2024년 05월 17일

지은이 잘그림
펴낸이 류종렬

펴낸곳 미다스북스
본부장 임종익
편집장 이다경
책임진행 김가영, 윤가희, 이예나, 안채원, 김요섭, 임인영, 임윤정

등록 2001년 3월 21일 제2001-000040호
주소 서울시 마포구 양화로 133 서교타워 711호
전화 02) 322-7802~3
팩스 02) 6007-1845
블로그 http://blog.naver.com/midasbooks
전자주소 midasbooks@hanmail.net
페이스북 https://www.facebook.com/midasbooks425
인스타그램 https://www.instagram/midasbooks

© 잘그림, 미다스북스 2024, *Printed in Korea*.

ISBN 979-11-6910-649-8 03810

값 18,000원

※ 파본은 본사나 구입하신 서점에서 교환해드립니다.
※ 이 책에 실린 모든 콘텐츠는 미다스북스가 저작권자와의 계약에 따라 발행한 것이므로
　 인용하시거나 참고하실 경우 반드시 본사의 허락을 받으셔야 합니다.

미다스북스는 다음세대에게 필요한 지혜와 교양을 생각합니다.

작은 손끝에서 시작하는

우리 아이 그림

사람을 그리면서 **마음을 나누고 성장하는** 미술 세상

| 잘그림 지음 |

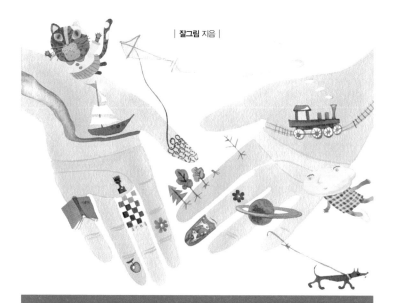

미다스북스

그림을 그리면서

성장하는 아이들

그 아이들의 사랑스러운 자존감을

전해주고 싶습니다.

Part 3

사람 그리기로 완성되는 그림의 특별한 힘

부록

우리 아이와 함께 하는 미술 공간

그림 그리기를 시작하는 즐거움

우리 아이들은 작은 손가락으로 연필을 잡고 말로 표현하지 못하는 부분을 낙서처럼 그립니다. 이 작은 손끝에서 시작된 낙서는 때로는 우리 아이들의 상상력을 반영하고 감정을 나타낸 그림으로 성장하게 됩니다.

아이들이 자라면서 그림은 자신을 둘러싼 이야기로 자연스럽게 그려져 꿈과 희망을 노래하기도 합니다. 그 이야기들은 멈춰 있거나 감춰져 있지 않습니다. 성장과 함께 움직이며 변화되고 보여줍니다.

우리 아이들의 그림은 그들의 세계를 엿보는 창이자 부모와의 소중한 연결 고리가 됩니다. 이 연결 고리 덕분에 아이들과 함께 성장하고 서로를 더욱 깊이 이해해 나갈 수 있습니다. 더불어 그림 그리는 마음은 즐거움과 따뜻함으로 가득해집니다.

그림 그리기를 시작하는 아이들에게 전해주고 싶은 마음

오랜 기간 아이들과 함께 미술 활동을 하면서, 성장하고 있는 아이들을 볼 때마다 가슴이 콩닥콩닥 뜁니다. 누구도 알려주지 않은 신비스러운 순간과 설레는 마음 덕분에 직업에 대한 열정이 더해지기도 합니다.

때로는 마음이 빗물에 쓸려 내려가는 것처럼 허전한 순간들도 많습니다. 그림 그리기가 즐겁지 않거나 자신이 없어 포기하려는 아이들도 있습니다.

"선생님, 사람 그리기 싫어요!", "그냥 졸라맨으로 그릴래요."

아이들이 가장 많이 하는 말로, 시작도 하기 전에 연필부터 내려놓는 경우가 많습니다. 특히 사람 그리기에 어려움을 많이 느끼고 있습니다.

처음 그림 그리기를 시작할 때, 편하게 그렸던 동그란 사람도 점점 그림에 대해 알 것 같은 나이가 되면 자신이 그린 사람의 모습이 어색해서 불편한 눈치를 보게 됩니다.

그런 점을 하나씩 알려주고 지도하면서 칭찬의 어망을 쉼 없이 던져야 합니다. 아이들이 편하게 받아들일 수 있도록 그림 그리는 것에 대한 두려움을 줄여주고 공감해주어야 합니다.

스스로 사람 그리기를 즐기고, 온 마음으로 완성된 사랑스러운 성취감을 전달하려는 순간이 올 때까지 말입니다.

그림을 통해서 몽실몽실 피어나는 재미를 전해주고 싶습니다. 단순히 사람 잘 그리는 방법만을 알려주는 것이 아닙니다. 더 나아가 그림 그리는 즐거움을 느낄 수 있도록 유쾌한 디딤돌이 되어주고 싶은 마음으로 가득합니다.

아이들은 자신의 경험과 상상을 그림으로 표현한다

먼저, 우리는 '사람을 왜 그려야 하는지'와 '어떻게 그려야 하는지'도 고민해야 할 것입니다.

하루를 마감하고 자신을 되돌아보는 '일기 쓰기'를 예로 들어보겠습니다. 일기에는 일상생활 속에서 일어나는 다양한 상황과 슬프거나 행복했던 모든 기억과 감정들이 엉켜 있습니다. 우리는 이것을 자신만의 방법으로 정리하거나 기억하는 일련의 과정을 거치게 됩니다.

글을 쓰거나 그림으로 그리기도 하며 마음속에서 정리의 시간을 통해 잊어버릴 수 있습니다.

그럼 아이들은 일상 속에서의 기억과 감정을 어떻게 표현할 수 있을까요? 아마도 빼곡한 글쓰기보다 그림으로 나타내는 방법이 더 쉽고 익숙할 것입니다.

아이들의 그림은 생활 속의 장면을 포착하여 나타내지만 사람 없는 그림만으로는 생활 속의 장면을 충분히 표현하기 어려울 수 있습니다. 그 기억과 감정은 가족을 비롯하여 친구나 선생님 또는 주변 사람들과 밀접하게 연결되어 있기 때문입니다.

일상 속에서 사람을 꼭 그려야 하는 것은 아니지만 사람을 표현함으로써 많은 것들을 남길 수 있습니다. 다양한 얼굴의 표정과 몸짓이나 말투 등은 아이들의 경험에서 나오고 남게 됩니다.

아이들은 자신이 관찰한 내용과 경험을 그림으로 나타냅니다. 이를 바탕으로 상상하는 모든 것을 그림으로 그릴 수 있습니다.

사람 그리기가 자유로워지면 말입니다.

사람을 그리는 즐거움과 자존감은 어디에서 오는가?

사람을 자유롭게 그리려면 사람 그리기가 즐거워야 합니다.
사람을 그리는 즐거움은 두려움이 없어질 때 찾아옵니다. 한 번에 전체적인 그림을 완성하지 않아도 괜찮습니다.
너무 많은 그림 그리기로 시작하면 아이들은 부담스럽고 귀찮을 수 있습니다. 무조건 포기하지 말고 먼저 사람의 얼굴부터 그리는 연습을 해봅시다.
동그랗고 커다란 얼굴에 눈, 코, 입을 그립니다. 다음 날은 귀와 목을 그리고 머리카락을 표현해보면 얼굴이 모두 완성됩니다. 다음 날에는 몸도 이런 방법으로 나누어 그립니다.
한 번에 그리기 어렵다면 이렇게 해보는 것입니다. 하지만 반드시 완성해야 한다는 것을 아이들에게 알려주어야 합니다. 목표를 약속하고 하나씩 완성해보면 나도 모르게 사람을 자유롭게 그리는 날이 오게 됩니다.

긴 시간이 필요하지만 조금씩 완성하는 즐거움이 찾아올 것입니다. 그런 즐거움이 쌓이면 어느새 자신감이 내 안에서 춤을 추게 됩니다.

이 책을 통해 아이들에게 사람을 쉽고 즐겁게 그리는 방법을 알려드리고 싶습니다. 더불어 작은 손끝으로 그림 그리기를 시작한 아이들의 자존감에 도움을 드리고자 합니다. 지금 저에게 그림을 열심히 배우고 다른 친구들에게 자신의 경험을 바탕으로 도움을 주는 천사 같은 아이들에게 감사의 말을 전합니다.

우리 아이 그림에 사람을

왜, 어떻게 그릴까요?

1

우리 아이 그림에 사람을 그리는 이유

그림일기가 정말 재미있습니다!

초등학교 2학년 남학생의 이야기입니다. 설날 세뱃돈에 관한 자신의 마음을 거침없이 생생하게 글과 그림으로 나타냈습니다.

그림일기에 담은 세뱃돈 이야기

일기를 읽지 않아도 아이의 마음을 알 수 있는 그림입니

다. 이러한 그림은 아이들의 생각과 감정을 솔직하게 전달해
줍니다.

아이들은 자신을 중심으로 그리기 시작하여 주변 사람들
을 적절하게 녹여내어 장면을 묘사합니다. 자신과 주변 사람
들의 관계 안에서 형성된 수많은 경험과 감정이 그림을 통해
표현됩니다.

예를 들어 한 여학생이 학교에서 자신을 놀리던 남학생이
넘어지는 모습을 보고 깔깔 웃었다고 합시다. 그리고 그 장
면을 그림으로 그리게 된 상황이라고 가정해보겠습니다.

물론 넘어져서 걱정되지만, 평소 사이가 좋지 않았기 때문
에 순간 웃음이 났을 것입니다. 이 여학생은 넘어져서 놀라
는 남학생의 모습과 뒤돌아 터져 나오는 웃음을 참는 자신의
모습도 그리게 되었습니다.

장면을 상상하는 것만으로도 내용이 생생하게 그려집니
다. 그림은 아이의 경험과 감정을 그대로 기록합니다.

아이의 경험과 감정은 자신과 주변 사람들과의 관계 속에
서 생성되고 그것을 그림으로 표출시킬 수 있습니다.

그러므로 그림에 사람을 어떻게 표현하는지 살펴보는 것

은 매우 의미 있는 일입니다.

　우리 아이가 그림에 사람을 그리는 것은 일상의 일부이며 자신을 표현하는 것입니다. 이러한 그림 활동으로 특별한 순간들을 남기고 흥미와 즐거움을 느낄 수 있습니다.

2

나의 얼굴을 그리는 명쾌한 방법

아이들이 마음을 담아 사람을 그릴 때는 자신만의 독특한 시각과 감성이 있습니다. 사람을 그릴 때 완벽한 기술보다 더 중요한 것은 아이들만의 시각과 감성이 나타나는 그림을 자유롭게 표현하는 것입니다. 각자의 개성을 살려야 다채롭고 풍부한 사람을 그릴 수 있습니다.

이를 자연스럽게 표현하기 위해서는 사람 그리기의 기본적인 방법을 익히는 것이 도움이 됩니다.

사람 그리기를 시작한다면 우선 자신의 얼굴을 바라보는 용기가 필요합니다. 자신의 얼굴을 바라보는 것은 사람을 그리는 과정의 출발점입니다.

거울에 아이들의 얼굴을 비춰주고 스스로 얼굴의 모습을

관찰하도록 합니다. 눈, 코, 입의 입체적인 느낌을 손으로 더듬어 찾아보는 것도 도움이 됩니다.

아이들이 거울을 보지 않고 얼굴을 그리면 보통 동그라미로 표현하는 경향이 있습니다. 얼굴의 형태는 사람마다 다르다는 것을 인지시켜 준 후 거울 속에 비친 자신의 얼굴을 따라 연필을 자연스럽게 움직여보도록 합니다.

연필 선이 삐뚤거리더라도 괜찮습니다. 완벽한 선을 그리기보다 자연스러운 곡선과 간단한 선으로 시작합니다. 연필을 가볍게 잡아 너무 힘을 주지 않고 편안한 마음으로 그리도록 하는 것이 좋습니다. 사람을 그릴 때 실수를 두려워하지 말고 자유롭게 표현하도록 격려해주어야 합니다.

아이들이 얼굴선을 그리는 과정에서 어려움을 겪을 수 있습니다. 이럴 때는 아이의 노력과 능력을 응원하고 이전에 그린 그림과 비교하여 발전하고 있는 점을 칭찬해줍니다.

얼굴형이 완성되면 거울 속 자신의 눈, 코, 입을 찾아서 그려봅시다. 각각의 특징을 찾아내어 그려보면 은근히 자신과 닮은 모습을 발견할 수 있습니다.

아이들이 거울 속의 자신을 바라보고 있으면 갑자기 조용해지곤 합니다. 오롯이 자신을 바라보고 관찰하는 시간에 집중하게 됩니다. 얼굴을 그리는 것이 단순한 활동으로 여겨질 수 있지만, 그 과정에서 자신을 발견하게 될 수도 있습니다.

한 학생이 거울을 들여다보다가 갑자기 얼굴 그리기를 멈추었습니다. 거울을 집중해서 보더니 무엇인가를 생각하고 있는 것 같아서 그 이유를 물었습니다.

"제 눈이 이렇게 생겼네요!"

아이는 자신의 눈을 처음으로 관찰하고 그 생김새에 대해 생각해보는 시간을 가지게 되었습니다.

자신의 눈 모양이 다른 사람과 다르다는 것을 느껴서 신기해하고 눈동자의 색이 조금씩 다른 것도 발견했습니다. 이러한 경험을 통해 아이들은 자신의 독특한 모습을 더욱 잘 이해하게 됩니다.

아이들은 코를 그릴 때 거울을 보고 그리면 종종 평소 그리지 않던 콧구멍을 표현하기도 합니다. 평소에 눈, 코, 입만 주로 그리던 것에서 벗어나 콧구멍, 귀, 눈썹 등을 자연스럽게 발견하게 됩니다.

거울을 통해 자신의 얼굴을 관찰하는 것은 좀 더 섬세한 완성에 도움이 됩니다.

이렇게 사람을 그리는 첫 단계는 자신의 얼굴을 관찰하는 것입니다. '나'는 가장 편하고 익숙하며 안전한 존재이기 때문에 나 자신부터 시작합시다.

거울을 보고 다양한 표정을 지어보는 것은 재미있는 경험입니다. 웃거나 찡그리고 귀여운 표정을 지어보며 그림 그려야 할 부담을 잠시 내려놓고 현재 자신의 감정을 솔직하게 표현해볼 수 있습니다.

화를 내거나 찡그리고 있는 얼굴은 아이들도 못생겼다고 느낄 수 있습니다. 반면에 웃고 있거나 행복한 표정은 예쁘거나 멋지다고 생각합니다.

거울을 통해 자신을 이해하고 내면의 감정을 스스로 읽어가는 것은 소중한 과정입니다. 참된 나의 모습을 발견하고 성장하는 과정은 사람을 그림으로써 얻게 되는 진정한 기쁨이 될 수 있습니다.

다음 그림은 거울을 보고 관찰하여 그린 자화상입니다. 먼저 얼굴에서 특징을 찾아내고 연필로 가볍게 스케치합니다. 기본적인 형태가 완성되면 점, 안경, 머리 모양 등 세부적인 부분을 추가해서 자신의 모습이 투영될 수 있도록 표현합니다. 마지막으로 네임펜으로 깔끔하게 정리하여 마무리합니다.

거울 보고 얼굴 그리기가 익숙해지면 네임펜으로 바로 얼굴을 그릴 수 있게 됩니다.

《거울 보고 자화상을 그린 아이들의 그림》

작은 손끝에서 시작하는 우리 아이 그림

자화상 그리기를 마친 후 자신과 닮게 그렸는지 친구들과 알아맞혀 보는 게임을 해봅니다. 아이들이 신나게 참여할 뿐만 아니라 다시 그려보려는 의지를 보여주기도 합니다.

가정에서도 온 가족이 함께 거울을 보고 자화상을 그려봅시다. 누가 더 닮게 그렸는지 알아보는 그림 대회를 열어 즐거운 경쟁도 하고 가족 앨범도 만들어 봅니다. 가족의 추억을 기록하고 나중에 함께 돌아보며 웃음과 감동을 공유할 수 있습니다.

3

마음의 꽃, 그림 속에 피어나는 대화

'사람을 어떻게 생각하나요?'라는 막연한 질문을 던져봅니다. '남자는 늑대, 여자는 여우'라는 말을 많이 들어봤을 것입니다. 어렸을 때부터 어디에선가 들어봤을 이 말 때문에 남자를 생각하면 늑대가 떠오르고 여자를 보면 여우가 떠오르기도 합니다.

하지만 정작 사람을 만나면 모든 사람을 늑대나 여우로 생각하지 않습니다. '저 사람은 정말 인성이 좋구나', '저 사람은 성격이 급하구나', '착한 사람이었네' 등 사람을 겪으면서 경험을 통해 판단합니다.

아이들이 생각하는 사람은 주로 동화 속의 공주나 왕자가 되며 아이돌이나 만화 캐릭터로 사람에 대한 상상력을 형성

합니다. 이런 이유로 아이들은 사람을 그릴 때 단순한 패턴으로 비슷하게 그리는 경향이 있습니다.

이러한 점을 극복하고 다양한 사람들을 표현하기 위해서는 사람에 대한 사고의 확장이 필요합니다.

사람을 누구나 똑같이 그리지 않고 관찰한 모습을 있는 그대로 표현하도록 연습해봅시다. 우선 아이들의 눈높이에서 가까운 가족이나 친구들부터 생각합니다. 그 생김새와 특징을 떠올릴 수 있도록 대화를 하여 그려갈 수 있도록 이끌어주어야 합니다.

대화의 질문이 구체적일수록 마음이 확장되면서 대화의 폭도 넓어집니다. 대화가 연결되어 아이들의 숨겨진 마음의 문이 활짝 열릴 수 있습니다.

대화를 통해 마음의 꽃을 피웁니다. 그 꽃을 담아줄 수 있는 그림을 그리는 것은 살아 있는 생명을 나타내는 것과 같습니다. 각각의 꽃잎은 각기 다른 경험과 감정을 상징합니다. 그 꽃잎을 그림에 담는다면 누구나 똑같이 생긴 사람이 아닌 내가 표현하고 싶은 사람을 그리는 데 큰 도움이 됩니다.

정신분석학의 창시자인 지그문트 프로이트는 사람이 인식하는 자아가 주로 신체적 자아로 이루어져 있다고 하였습니다. 프로이트의 관점에서 신체적인 경험은 우리의 자아 형성에 영향을 미칩니다.

예를 들어 아이들이 아프거나 다치는 경험을 했다면 그때의 불안이나 두려움을 여전히 갖고 있을 수 있습니다. 신체적으로 경험했던 일들을 알게 되면 아이들의 생각과 감정을 들여다볼 수 있습니다.

대화를 통해 아이들이 경험한 일을 자세히 이야기하고 감정을 공유할 수 있도록 도와주는 것이 중요합니다.

아이들의 생각과 마음을 듣고 싶다면 짧은 대답이 아닌 구체적인 대화로 이끌어주어야 합니다. 그렇게 하면 경험을 좀 더 상세하게 이해할 수 있고 서로 친숙해질 수 있습니다.

예를 들어 "너의 마음이 어때?"라고 물어보기 전에 "너는 오늘 맛있는 음식을 먹어서 기분이 좋았구나!"라며 아이의 마음을 먼저 읽어주고 앞으로 나올 대화를 구체적으로 이끌어줍니다. 그 후에 아이와 자연스럽게 대화를 이어나가도록 합니다.

아이가 '오늘 집으로 오는 길에 놀이터에서 친구들을 보고 놀고 싶었다'라고 이야기를 하면 아이의 마음을 알고 있지만 그래도 물어봐주고 감정을 읽어줍니다.

"오늘 학원에 가야 해서 놀지 못해 아쉬웠겠구나." 이해와 공감으로 대화를 시작하게 되면 다음 대화로 이어지기 수월합니다.

"친구들과 놀았을 때 즐거워서 웃음꽃이 피었겠네! 어떤 놀이가 가장 재미있었니?"

"그 친구는 놀이터에서 넘어져서 정말 아팠을 것 같아, 너도 속상했겠어."

아이들의 그림에 이러한 대화들을 바탕으로 경험과 감정이 담길 수 있습니다. 웃음꽃이 피어나고 재미있는 놀이를 하는 얼굴은 그들의 즐거운 순간을 나타냅니다. 때로는 아파서 우는 얼굴과 속상한 얼굴은 그들의 힘든 순간을 보여줍니다.

그림을 통해 사람의 감정을 표현하는 것은 우리 아이들의 소중한 순간이 될 수 있습니다. 아이들은 서로의 경험을 이야기하면서 마음에 담고 있던 감정을 서서히 표현하게 됩니다. 이를 통해 좋았던 일은 웃음으로 기억하고 힘들었던 일은 서로 위로하고 다짐할 수 있습니다.

　이러한 소통을 통해 아이들은 자신의 감정을 표현하는 것을 더욱 자연스럽게 받아들이고 부끄러워하지 않게 됩니다. 자신의 모습을 당당하게 표현하기 시작합니다.

　사람의 감정이 잘 나타나 있는 다음의 사진들을 보고 아이와 함께 대화합시다. 감정을 그대로 이해하고 상대방의 감정을 읽어내는 연습을 합니다. 이 밖에 아이와 함께 찍은 사진들을 보며 그때의 경험과 감정을 나누어 공통의 친밀감을 형성하는 것도 좋은 방법입니다.

《사람의 감정을 읽어내기 쉬운 모습》

사진 속 '사람의 감정을 읽어내기 쉬운 모습'을 보고 어떤 상황이었는지 상상하여 이야기를 만들어 갑니다. 아이들의 순수한 시선과 상상력에 감동할 수 있으며 뜻밖의 재치에 놀랄 수도 있습니다. 그 후 자신의 경험과 감정을 떠올려 그림으로 그릴 수 있도록 이끌어줍니다.

그림을 그릴 때 웃고 있는 사람을 표현하면 보통은 입꼬리를 올리고 반달 모양의 눈도 그립니다. 심통이 나거나 아프거나 화가 난 사람은 입술과 눈의 모양이 웃고 있는 사람의 반대로 그리게 됩니다.

사진을 자세히 보면 그 외에도 얼굴에 미묘한 변화가 있습니다. 숨은그림찾기처럼 천천히 찾아보면 표정이 모두 다르다는 것을 알게 됩니다. 더불어 몸의 움직임에 대해서도 아이들의 다양한 이야기가 쏟아져나옵니다.

동화책 장면으로 마음 나누기

동화책을 통해 사람들의 마음을 나누는 것은 정말 재미있는 활동입니다. 동화책의 다양한 장면을 함께 살펴보면서 얼굴의 표정뿐만 아니라 상황에 대해 아이와 이야기 나눕니다.

전래동화에는 호랑이가 등장하는 장면들이 많이 있습니다. 『해와 달이 된 오누이』, 『호랑이와 곶감』 등을 읽어보고 주인공이 호랑이를 만났을 때의 표정과 감정이 어떠했을지 상상해봅시다.

동화 속 이야기를 통해 실제로 아이가 무섭거나 두려웠던 경험이 있었는지 자연스럽게 물어봅니다. 아이의 마음을 솔직하게 표현하는 것이 중요하다는 것을 알게 해주고 공감해 줍니다.

동화의 장면을 그림으로 표현하거나 자신의 경험을 그려 보도록 합시다. 무서운 장면과 경험을 그림으로 그리는 것은 어렵지만 아이들만의 익살스러운 상상으로 가볍게 그릴 수 있다는 것을 알려줍니다.

다음 그림처럼 『해와 달이 된 오누이』를 외계 괴물을 피해 나무줄기를 타고 올라가는 자매의 모습으로 바꿔 그리면서 흥미롭게 활동할 수 있습니다. 『호랑이와 곶감』을 읽고 엄마 와 아기의 그림자를 바라보는 커다란 호랑이의 얼굴을 장난 스럽게 표현하여 즐겁게 그릴 수도 있습니다.

▲ 9세 여아 그림   ▲ 7세 여아 그림

아이들이 재미있게 볼 수 있는 동화도 좋습니다. 유아 생활 동화 『무슨 소리지?』에서 장난꾸러기 동생이 방귀를 뀌는 장면이 있습니다. 손으로 코를 막고 괴로운 듯한 형의 모습과 시원하게 방귀를 뀐 동생의 편안한 모습이 재미있게 표현되어 있습니다.

『방귀쟁이 며느리』에는 방귀를 시원하게 뀌는 며느리의 장면이 흥미진진합니다. 누가 보아도 상상이 되고 자신의 경험을 재미있게 이야기해 볼 수 있는 시간을 가질 수 있습니다.

방귀를 소재로 그림을 그리면 아이들의 웃음이 계속해서 터져 나옵니다. 유머 감각을 자극하여 후각적 경험을 시각화하는 과정으로 발전시킬 수 있습니다.

▲ 9세 남아 그림　　　　　　　　　　▲ 8세 여아 그림

　초등학교 동화책 『깜수네 집에 놀러 갈래?』에 중국집에 가서 자장면을 시켜 먹고 피시방에 가서 게임하고 싶은 마음속의 계획을 머리 위에 잔뜩 그려놓은 장면이 있습니다. 행동하는 장면이 아닌 마음속 장면도 그림으로 그릴 수 있으며 자신의 마음을 표현하고 상상할 수 있는 창의적인 시간을 가질 수 있습니다.

　10세 여아의 그림을 보면 강아지와 놀 생각이 가득한 자신의 모습을 그렸습니다. 이 그림을 통해 강아지를 좋아하는 아이의 마음을 엿볼 수 있습니다. 우리 아이의 생각이 궁금하다면 이러한 방법으로 그림을 그리고 나서 대화하는 것도 좋습니다.

▲ 10세 여아 그림

동화책의 장면을 통해 대화를 나누면 동화 속 주인공과 자신의 이야기를 연결해볼 수 있습니다. 주인공의 감정에 공감하기 위해서는 상대방의 마음을 이해하고 감정을 읽어줄 수 있어야 합니다. 그 과정에서 주인공의 감정을 공유하고 자신의 감정도 얼굴로 표현할 수 있게 됩니다.

작은 손끝에서 시작하는 우리 아이 그림

4

그림으로 물들이는 오늘 하루

우리의 일상은 반복적이지만 매일 새롭고 다양한 경험과 감정이 생깁니다. 기분이 좋거나 즐거운 일이 생기기도 하고 슬프고 괴로운 날이 될 수 있습니다. 또는 다양한 감정의 교차로 하루를 채울 수 있습니다. 오늘 하루를 되돌아보며 가장 나타내고 싶은 장면을 기억합시다.

아이와 함께 오늘 하루를 어떻게 보내었는지 이야기 나눕니다. 아이들의 대답은 생각보다 아주 단순할 수 있습니다. 특히 단답형 단어나 짧은 문장으로 대답하는 경우가 많을 수 있습니다.

질문 "오늘 하루는 어떻게 보냈니?"

- "놀았어요."
- "재밌었어요."
- "힘들었어요."
- "왜요?"

아이들의 짤막한 답변이 대화의 단절로 연결되지 않도록 해야 합니다. 구체적인 대화를 통해 어떤 이유와 상황을 설명할 수 있도록 이끌어줍니다.

질문 "오늘은 학교에서 어떤 일을 했는지 기억해봐. 점심시간에 무엇을 했니?"

긴 대화를 이끌어가기 위해 질문 내용을 구체적으로 제시합니다. 하루 전체를 떠올려야 하는 막막함 때문에 대답이 힘들 수 있습니다. 그럴 때 어떤 시간을 정해서 물어보면 아이들은 그때의 장면을 떠올려 쉽게 대답할 수 있습니다. 다음과 같이 조금씩 구체적인 질문을 해서 아이 스스로 자신의 마음을 이야기할 수 있도록 합니다.

아이 : "급식을 먹으러 갔어요."

엄마 : "학교 식당에서 먹었던 반찬들이 뭐였니?"

아이 : "미역국 있고, 밥이랑 김치, 시금치, 생선, 고기, 파인애플."

엄마 : "너는 그중에 어떤 반찬이 가장 맛있었어?"

아이 : "고기가 있어서 그나마 먹을 만했어요."

엄마 : "그렇구나, 그럼 다른 반찬들은 안 먹었니?"

아이 : "안 먹어요!"

엄마 : "평소에 좋아하지 않는 반찬들이 나왔구나, 수업 시간에 배가 고플 것 같은데 어떻게 참았어?"

아이 : "밥을 먹어서 괜찮아요. 그런데 싫은 음식은 먹었을 때 불편해서 싫어요."

엄마 : "그랬구나. 골고루 먹으면 참 좋겠지만, 네가 싫어하는 음식을 먹는 건 어렵지. 하지만 네가 좋아하는 음식과 함께 조금씩이라도 먹으면서 건강하게 자라는 것이 중요하

단다. 오늘 점심 식사 때 너의 모습을 그림으로 그려보면 어떨까?"

대화를 마친 후 아이가 그린 그림을 보면 좋아하는 음식과 싫어하는 음식을 대하는 아이의 감정이 자연스럽게 얼굴에 나타나 보입니다.

이렇게 아이가 마음을 열어 대답할 수 있도록 '그랬구나'로 공감해주어야 합니다. 편식하면 안 된다고 혼을 내게 되면 아이의 하루 읽기는 단절될 수 있습니다.

아이의 하루 읽기가 끝나면 장면을 상상할 수 있도록 가장 인상 깊었거나 중요했던 일들에 대해 질문합니다.

마치 종이에 일기를 쓰듯이 그림으로 그 상황을 떠올려 그대로 담아놓습니다.

- "오늘 학교 급식에서 미니 햄버거와 감자튀김, 볶음밥 또 어묵탕이 나와서 엄청 기분이 좋았어요!"
- "친구들과 축구를 하다가 한 친구가 넘어져서 입술에서

피가 났어요. 그래서 집으로 들어왔어요."

- "그림을 잘 그리는 친구가 있는데 나는 더 잘하고 싶어
  요!"

다양한 상황의 이야기를 듣고 남기고 싶은 장면 또는 표현
하기 적합한 장면을 그림으로 그립니다.

학교 급식을 맛있게 먹는 장면은 식판에 음식을 가득 담아
맛있게 먹고 있는 사람을 그릴 수 있습니다. 친구들과 축구
를 하면서 신나게 뛰어노는 장면을 떠올리며 공을 차고 있는
모습을 그릴 수 있습니다. 또 다친 친구가 아파서 울고 있는
모습도 자연스럽게 나타내면 됩니다.

그렇게 자신이 느끼고 보았던 장면을 상황에 맞게 그림으
로 그릴 수 있습니다.

하지만 친구보다 더 잘하고 싶은 마음을 표현하는 것은 어
려울 수 있습니다. 눈으로 보이는 장면이 아니라 마음의 표
현이기에 머뭇거려집니다.

이럴 때는 두 친구가 나란히 그림을 그리고 있는 모습을
그립니다. 더 열심히 그리려는 의지가 보이는 표정으로 눈이

초롱초롱 빛나거나 친구를 부럽게 바라보는 장면도 괜찮습니다. 너무 어렵다면 만화적 요소나 말풍선을 활용하는 방법도 생동감이 있으며 재미있습니다.

오늘 하루의 상황이나 마음을 담아내는 과정은 소중한 경험을 기록하고 표현하는 좋은 방법입니다. 소소한 하루의 일과도 커다란 감정이 담긴 그림으로 물들 수 있도록 자신의 경험을 남겨주도록 합니다.

▲ 7세 여아 그림

작은 손끝에서 시작하는 우리 아이 그림

저녁에 계란찜을 해주신 할머니가 가장 생각난다며 달걀을 깨뜨리고 있는 할머니의 모습을 그린 그림입니다. 할머니와 손녀의 따뜻한 마음이 느껴집니다.

할머니가 사랑 가득한 음식을 준비하는 모습은 가족의 소중한 시간을 상기시켜줍니다. 이런 소중한 순간을 그림으로 남기는 것은 아이에게 매우 의미 있는 활동이 됩니다.

▲ 9세 여아 그림

▲ 9세 남아 그림

▲ 8세 여아 그림

다양한 음식을 먹고 있는 장면들을 떠올리며 그린 그림들입니다. 오늘 먹은 음식의 종류가 생각나고 외식을 했다면 심지어 음식점의 메뉴판도 기억날 수 있습니다.

움직임을 세밀하게 표현하지 않아도 경험한 장면을 자연스럽게 나타내어 사진처럼 생생하게 느껴집니다. 음식을 먹고 있는 사람들의 표정과 몸짓이 즐겁게 표현되어 있습니다.

지금 이 순간 생각나는 상황을 이야기 나누어 좀 더 실감나는 그림을 그릴 수 있도록 이끌어주면 좋습니다. 너무 오래된 기억이나 앞으로 벌어질 일을 예상하는 것보다 오늘 하루를 생각하는 것이 아이들에게 쉽고 흥미로운 그림의 주제가 될 수 있습니다.

가장 그리고 싶은 그림은 우리 가족

Part 2

종이에 살아 숨 쉬는 사람을
쉽게 그리는 과정

1

—

얼굴은 기분을 알려주는 일기예보

엄마의 얼굴

박용환 작사
박상문 작곡

꽃보다도 아름다운 엄마의 웃는 얼굴
노래하는 새들보다 더 고운 엄마 목소리
사랑해요 엄마 엄마가 좋아요
엄마 얼굴 바라보면 나는 행복해

꽃보다도 환한 것은 엄마의 웃는 얼굴
햇님보다 더 따스한 다정한 엄마 목소리
사랑해요 엄마 엄마가 좋아요
엄마 얼굴 바라보면 나는 행복해

얼굴을 그리기 전에 아이와 함께 동요 〈엄마의 얼굴〉을 불
러보는 특별한 시간을 가져봅시다. 서로가 얼굴을 바라보며

신나게 합창을 하면 아이들이 그리는 얼굴은 정말 따뜻할 것 같습니다. 그 마음을 담아 즐겁게 얼굴을 종이에 그려보겠습니다.

아이들이 사람을 그릴 때 제일 먼저 그리는 부분은 얼굴입니다. 하지만 다리부터 그린다고 해도 괜찮습니다. 꼭 얼굴부터 그리라는 법은 없습니다. 그래도 쉽게 사람의 형태를 연결하기 위해 얼굴 그리기부터 차근차근 시작하겠습니다.

아이들의 나이와 성별에 따라 얼굴을 그리는 방식이 조금씩 다를 수 있습니다.

일반적으로 아이들은 성장하면서 얼굴을 그리는 방법이 변화합니다. 얼굴과 다리가 붙어 있는 두족화의 모습으로 사람을 그리기 시작했다면 점차 크고 동그란 얼굴에 빛나는 눈도 그릴 수 있게 됩니다. 또한, 소근육이 발달하는 시기에는 얼굴의 모습이 세밀해지기 시작합니다.

성별에 따라서도 얼굴을 그리는 방식이 다를 수 있습니다. 남자아이들은 큰 치아를 드러내며 장난기 있는 표정을 선호

할 수 있고, 여자아이들은 윙크하는 예쁜 표정과 반짝이는 눈을 좋아할 수 있습니다.

▲ 5세 남아 그림

▲ 7세 남아 그림

처음 얼굴을 그리는 아이들은 얼굴을 크게 그리고 몸은 작게 그리는 편입니다.

아이들은 사람을 인식할 때 주로 얼굴에 집중하기 때문에 얼굴을 크게 그리곤 합니다. 얼굴 중심으로 사람을 구별하여 전체 모습 중에 얼굴이 차지하는 비중이 매우 큽니다.

또한, 얼굴을 제외한 몸의 부분을 생략하거나 간략하게 그리는 것은 사람을 그릴 때 자신감이 부족하거나 어려움이 있는 것으로 볼 수 있습니다.

▲ 5세 여아 그림

　아이들의 나이와 성별 이외에도 그림을 그렸던 경험에 따라 얼굴 표현에 대한 감각이나 손의 힘이 다를 수 있습니다.

　운동이나 공부를 자주 할수록 몸과 머리가 익어가듯이 그림도 마찬가지입니다. 특히 얼굴을 표현할 때 그림을 많이 그릴수록 다양한 표정이 만들어지고 얼굴의 각도도 자연스럽게 나타낼 수 있습니다.

▲ 8세 남아 그림 　　　　▲ 12세 여아 그림

　초등학생들은 방법을 알려주면 제법 사람의 비율을 적당하게 정할 수 있으며 커다란 얼굴이 조금씩 작아지기 시작합니다. 얼굴의 표정도 다양해지고 머리 모양도 점점 실제와 비슷하게 그려집니다.

　점점 연필의 강도를 조절하여 명암을 주고 입체적인 얼굴도 그릴 수 있습니다. 연필을 잡는 손의 힘이 강해지고 시야가 선명해지면서 손놀림이 세밀해지고 집중력이 높아져 얼굴을 더 자연스럽게 그려내고 다양한 표현을 할 수 있게 됩니다.

　아이들의 그림은 시간이 필요하며 느긋하게 기다려주어야 합니다. 그러면 점차 향상되는 실력에 자신감을 가지고 성장할 수 있습니다.

9세 ~ 13세 아이 그림

연필로 그린 얼굴 드로잉

작은 손끝에서 시작하는 우리 아이 그림

동그라미로 표현하는 얼굴의 덩어리

흰 종이에 무작정 얼굴을 그려보라고 하면 아이들은 나이와 상관없이 막막해합니다. 그래서 편안한 마음으로 사진을 보며 다양한 얼굴 형태를 느껴보는 과정부터 시작합니다. 다음의 사진들을 통해 다양한 얼굴들을 관찰하면서 얼굴의 형태를 따라 그려봅시다.

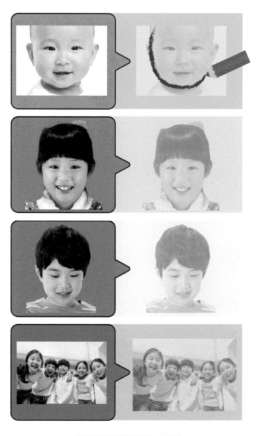

어린이의 **얼굴형을** 따라 그리기

동글동글하고 통통한 어린이들의 얼굴형을 먼저 그려본

후 어른들의 다양한 얼굴형도 익혀보겠습니다.

작은 손끝에서 시작하는 우리 아이 그림

어른의 얼굴형을 따라 그리기

　다양한 형태로 그려보면 얼굴형이 모두 같지 않다는 것을
알 수 있게 됩니다. 얼굴을 따라 그리면서 매끄럽지 않게 그

려도 괜찮다는 것을 알려주며 얼굴의 특징을 이해할 수 있는 데 중점을 둡니다.

사람들은 다양한 얼굴형을 가지고 있습니다. 동그란 형태이거나 달걀처럼 갸름하거나 네모처럼 각진 얼굴의 형태 등이 있습니다.

주로 아이들은 그리기 쉬운 동그란 얼굴을 선호합니다. 보통은 먼저 동그라미로 얼굴을 그리고 난 후에 눈, 코, 입을 그려나갑니다. 귀는 생략하는 경우가 많으며 머리카락은 앞머리가 없이 옆에만 살짝 그려지기도 합니다.

얼굴 그리기는 동그라미 모양의 덩어리로 쉽고 간단하게 시작할 수 있습니다. 얼굴, 눈, 코, 입, 귀까지 모두 동그라미로 그려줌으로써 기본적인 얼굴 형태를 만들어나갈 수 있습니다.

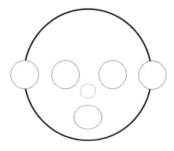

동그란 덩어리로 그린 얼굴

위치를 찾아라!

　얼굴, 눈, 코, 입, 귀를 동그라미로 그리면서 각자의 위치가 맞는지 살펴보아야 합니다. 가끔 장난으로 코를 눈 위에 그리는 아이들도 있고 코와 귀를 생략하는 아이들도 있습니다.

　거울에 비친 나의 얼굴을 더듬어 그려보았다면 나의 눈, 코, 입, 귀의 비율을 잘 맞추어 그려보도록 하겠습니다.

　머리를 포함한 얼굴 전체에서 눈의 위치부터 찾으면 그리기가 수월합니다. 일반적으로 눈은 얼굴의 중앙 정도에 위치합니다. 눈 간격 사이도 너무 좁거나 넓지 않도록 얼굴 가로선을 중심으로 적당하게 배치해줍니다. 얼굴 가로선을 4등분하여 귀와 코 사이 가운데에 위치하면 눈의 간격이 적당하게 조절됩니다.

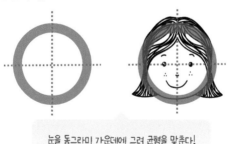

눈을 동그라미 가운데에 그려 균형을 맞춘다!

앞 그림과 같이 동그라미 안의 중앙 정도에 눈을 그립니다. 그 후에 눈 아래로 코와 입을 자연스럽게 그립니다. 아이들의 그림에는 정해진 정답이 없으므로 정확한 위치를 잡기보다는 눈을 동그라미 중앙에 그리는 것만 기억해주면 됩니다.

사람마다 눈의 위치는 조금씩 다를 수 있지만, 눈을 중앙에 그리게 되면 비율이 맞춰져 보기 좋게 얼굴을 완성할 수 있게 됩니다.

이제 거울을 보고 머리 위의 머리카락을 손으로 누릅니다. 머리카락이 눌리면서 얼굴 전체의 크기가 보이게 됩니다.

아이들은 머리카락을 제외한 이마에서 턱까지를 얼굴로 생각하여 눈을 동그라미 맨 위에 그리곤 합니다. 하지만 이마에 머리카락을 그리고 나면 얼굴이 작아져서 눈이 얼굴 꼭대기에 있는 것처럼 어색하게 보일 수 있습니다.

눈을 중앙에 먼저 그리고 나서 이마를 중심으로 머리카락을 그려야 얼굴의 균형을 맞출 수 있습니다.

귀는 생략하지 않도록 하며 눈의 위치에 맞추어 표현합니다. 이제 얼굴의 위치가 모두 정해지면 관찰한 얼굴을 조화롭게 그려줍니다.

작은 손끝에서 시작하는 우리 아이 그림

▲ 5세 여아 그림

　아이들의 그림은 각자의 관찰과 느낌을 표현하는 것이기 때문에 정해진 눈의 모양과 코, 입술의 형태가 없습니다. 반짝이는 눈망울이 예쁘다고 생각되고 커다란 콧구멍이 재미있어 보이는 것도 모두 그 시기의 아이들이 느끼는 대로 표현했기 때문에 소중합니다.

　주의할 점은 친구가 그린 얼굴을 무조건 따라 그리거나 표정을 모두 똑같이 그리지 않도록 해야 합니다. 얼굴을 그릴 때는 자신의 시각에서 느끼는 것을 토대로 그림을 그릴 수 있게 도와주어야 합니다.

오늘의 기분은 어떤가요?

　각자의 기분과 감정은 얼굴에 다양한 표정으로 나타납니다. 하루에도 몇 번씩 바뀌는 얼굴의 표정은 다양합니다. 감정이 변화할 때마다 얼굴도 새로운 모습으로 변하게 됩니다.

　아이의 기분에 따른 표정과 감정에 대해 함께 대화하여 그림으로 표현해봅시다.

　　`질문`　"오늘 무슨 좋은 일이 있었니?
　　　　　　웃는 모습을 보니 궁금하구나!"

　- "맛있는 치킨을 먹어서 기분이 좋았어요."

　- "오는 길에 강아지를 만났는데 강아지가 정말 귀여웠어요."

　- "게임에서 이겨서 신나요!"

　　`질문`　"오늘 무슨 속상한 일이 있었니?
　　　　　　기분이 좋지 않은 것 같구나!"

– "친구가 저한테 인사도 안 하고 지나갔어요."

– "동생이랑 싸웠어요."

– "공부하기 싫어요!"

치킨을 먹어서 기분이 좋은 한 학생에게 그 느낌을 그림으로 그리도록 하였습니다.

먹음직스럽게 생긴 치킨의 모양을 제일 먼저 종이에 크게 그립니다. 다음에 치킨을 보고 어떻게 하고 있는지 그려보도록 하였습니다. 커다란 치킨을 잡고 오로지 치킨을 향한 눈동자와 웃고 있는 커다란 입을 자연스럽게 표현했습니다.

▲ 8세 남아 그림

평소 '졸라맨' 그리기를 좋아하는 학생이었지만 치킨을 먹고 기분이 좋은 마음을 표현하기 위해 얼굴을 그리고 눈, 코, 입을 완성했습니다.

그림의 장면을 이해하고 경험을 바탕으로 자신의 감정을 자연스럽게 그려내면 됩니다. 오늘의 기분을 그림으로 표현하기 어렵다면 경험 속에 일어났던 일이나 상상 속에서의 장면을 그려볼 수도 있습니다.

최근에 가장 기분이 좋았던 일이나 속상했던 일 등이 있었는지 물어보는 것도 괜찮습니다. 또는 상황에 따른 기분을 예상해 보는 것도 흥미롭습니다.

아이들의 다양한 기분과 감정을 나타내는 표정은 정말 재미있습니다. 표정 변화의 다채로움이 그림에 활기를 줄 수 있습니다.

눈물을 뚝뚝 흘리는 모습, 화가 나거나 놀라는 모습, 빙글빙글 어지러운 모습들이 만화를 그리듯 생동감 있어 보입니다. 속상하고 화가 난 그림도 아이들의 순수한 마음으로 인해 어둡지 않고 밝은 모습으로 다가옵니다.

작은 손끝에서 시작하는 우리 아이 그림

▲ 7세 남아 그림

▲ 8세 여아 그림

▲ 9세 여아 그림

▲ 9세 여아 그림

▲ 6세 여아 그림

▲ 9세 남아 그림

어울리는 머리로 해주세요

보통 아이들은 머리 모양을 가장 마지막에 그리는 편이며 머리카락 그리는 것을 귀찮아합니다. 머리카락을 한 올 한 올 그려야 한다고 생각하거나 머리 스타일을 어떻게 표현해야 할지 몰라 난감해합니다. 그럴 때 미용실 놀이를 해봅시다.

> **질문** "어서 오세요, 손님!
>
> 오늘은 어떤 머리를 하고 싶으신가요?"

– "인어 공주 머리로 해주세요."

– "무지개색으로 예쁘게 해주세요."

– "알아서 해주세요."

– "바가지 모양으로 동그랗게요."

– "앞머리를 내려주세요."

– "깔끔하게 다듬고 싶어요."

이번에는 반대로 그림을 그리는 아이가 미용사가 되어 그림 속 얼굴에 머리 모양을 만들어줍니다. 인어 공주처럼 길고 풍성하며 알록달록 무지개색으로 화려하게 그릴 수 있습니다. 뽀글뽀글 귀여운 라면 머리와 얼굴의 이마 부분만 덮은 간단한 머리 스타일까지 모두 마음대로 그릴 수 있습니다.

유아들은 보통 동화 같은 머리 모양을 좋아하는 경향이 있습니다. 아이들이 성장함에 따라 자신이나 친구의 머리 모양에 관심을 가지고 사실적으로 표현하게 됩니다. 실제 미용실에 간 경험을 바탕으로 머리 모양뿐만 아니라 미용사와 미용실 배경도 함께 표현하기도 합니다.

아이들이 미용사가 되어 머리 모양을 상상해서 만들어준 그림

어린아이들의 경우 앞머리가 없다고 생각하고 옆머리에만 머리카락 표시를 해주기도 합니다.

다양하고 자연스러운 머리 모양을 표현하기 위해서는 동그라미 윗부분에도 풍성한 머리카락을 그리도록 합니다. 앞머리가 없더라도 귀 쪽에만 머리카락을 그리지 않도록 주의해야 합니다.

▲ 6세 여아 그림

▲ 6세 남아 그림

▲ 6세 여아 그림

이상과 같이 동그라미를 통해 얼굴 그리기를 살펴보았습니다.

부자연스럽고 어색한 얼굴을 그리거나 얼굴을 항상 똑같이 그리는 아이들이 많습니다. 배운 것을 응용해서 그려보면 자연스럽고 다양한 얼굴을 그릴 수 있게 됩니다.

얼굴형의 다양성을 이해하고 눈, 코, 입, 귀를 고려하여 먼저 얼굴의 기본 형태를 그립니다. 눈의 위치를 중앙에 맞추고 그림에 나타내고 싶은 감정을 상황에 맞게 표현합니다. 마지막에 원하는 머리 모양을 자유롭게 표현하면 됩니다. 이렇게 하면 자연스럽게 균형 있는 얼굴을 완성할 수 있습니다.

이 중 가장 어려운 것은 얼굴에 감정을 다양하게 표현하는 과정입니다. 감정을 표현하면 그림이 생동감 있게 보이고 그림의 주제가 잘 드러나게 됩니다. 아이들이 감정을 표현하는 것을 돕기 위해서는 그들의 마음을 듣고 그것을 자유롭게 표현할 수 있도록 이끌어주어야 합니다.

아이들의 얼굴은 매일의 날씨처럼 다양한 감정을 반영합니다. 얼굴을 통해 아이들의 기분을 알아볼 수 있습니다. 아이들이 자신의 기분을 그릴 때는 눈, 코, 입의 모양이 어떻게 변하는지를 살펴보면서 감정을 표현하는 연습을 함께 해보는 것이 도움이 됩니다.

아이들은 밝고 예쁘게 웃는 얼굴을 잘 그리지만 슬프거나 부정적인 마음의 표현은 어색해합니다. 부모나 어른들은 아이들이 슬픔과 아픔을 그리는 것을 걱정할 수 있지만 자연스러운 감정의 한 부분으로 솔직하게 표현할 수 있도록 이해하고 격려해주어야 합니다.

우리 아이가 감정을 솔직하게 그리는 것을 두려워하고 불편해한다면 아이들의 마음을 읽어주고 이야기를 들어주는 것부터 시작합니다. '그때 그랬구나' 이해와 공감이 우리 아이의 감정을 솔직하게 나타낼 수 있는 자존감의 첫걸음이 될 수 있습니다!

▲ 10세 여아 그림

우리가 감정을 읽어주면
얼굴에 마음이 담긴다.

2

사랑스러운 나의 몸이 최고야!

막내아들이 체중이 많이 나가는 편이라 건강과 놀림에 대한 걱정이 있었습니다. 그러던 중, 이러한 걱정이 아들에게 상처를 줄 수 있다는 것을 깨달았습니다.

학생들에게는 자신의 몸을 사랑하고 소중히 여길 것을 말하면서도 아들의 몸을 부정하는 모습을 보게 되었습니다.

아름답고 사랑스러운 몸을 이해하는 것은 각자의 기준과 가치에 따라 다를 수 있습니다. 그 자체를 인정하고 존중하는 과정에서 자신의 몸을 사랑할 수 있게 됩니다.

몸을 조화롭게 그릴 수 있는 비결은 나의 몸을 솔직하게 표현하고 인위적으로 만들어내지 않는 것입니다. 날씬하고 멋지게 포장한 그림보다도 자연스러운 모습이 감정을 잘 전달할 수 있게 됩니다.

그러기 위해서는 남들의 시선을 신경 써서 틀에 맞추지 않도록 해야 합니다. 그림을 보며 아이가 행복하고 만족스럽게 '나의 몸'을 표현하였다면 정말 멋진 사람의 모습이 됩니다.

비율을 맞춘 몸의 덩어리

얼굴을 엄청 크게 그리고 몸을 아주 작게 그리는 아이에게 곧바로 얼굴을 작게 그리고 몸을 크게 그리도록 해도 고쳐지기 쉽지 않을 것입니다.

몸의 적당한 비율을 알려주고 쉽게 표현할 수 있도록 해야 아이들이 이해하고 몸을 그리는 것에 대한 두려움을 줄일 수 있습니다.

그러기 위해서는 몸을 하나씩 그리기 전에 덩어리로 이해시켜 줍니다. 동그라미로 가슴 부분을 중심에 그리고, 양쪽에 두 팔과 손을 위치에 맞게 표현합니다. 가슴 아랫부분으로 엉덩이 부분에 다리와 발도 똑같이 동그라미로 덩어리를 만들어줍니다.

덩어리 그리기를 통해 아이들은 사람의 몸을 부분적으로
보는 것이 아닌 전체적으로 바라보고 이해할 수 있게 됩니
다. 몸을 단순하게 구성하여 비율을 쉽게 파악할 수 있도록
알려줍니다.

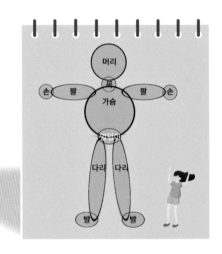

덩어리로 이해가 되었다면 사람 몸의 비율을 연습해봅시다.

사람마다 몸의 비율이 다르고 황금 비율이 아니더라도 아
이들이 쉽게 이해할 수 있도록 그립니다.

전신의 위치를 먼저 정하고 종이에 그릴 사람의 키를 생각
해서 머리 윗부분과 발까지를 살짝 표시해둡니다. 사람 키를

정했으면 그 반을 선으로 나눕니다.

선의 윗부분을 몸의 상체로 생각하고 아랫부분을 하체로
보면 됩니다.

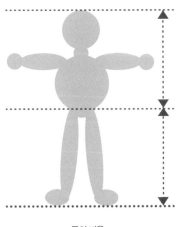

몸의 비율

그림과 같이 몸통의 윗부분과 아랫부분을 반으로 나누어
그리면 짧은 다리를 길게 그릴 수 있습니다.

다리를 길게 그릴 수 있게 알려주면 아이들은 다리가 너무
길다고 느껴져 징그럽다고 말하기도 합니다. 다리뿐만 아니
라 팔도 그렇게 생각합니다.

만약 아이가 긴 팔과 긴 다리를 이해하지 못하고 이상하게 생각한다면 직접 몸을 보며 다리와 팔이 얼마만큼인지 보여줍니다. 그러면 아이들이 대부분 이해를 하기 시작합니다.

그렇다고 바로 길게 그리지는 못하지만 조금씩 길게 그리는 노력을 하게 되고 익숙해집니다.

상체와 하체의 비율을 조정하고 각 부분의 위치와 크기를 적절히 표현해보면 사람을 더 정확하게 그릴 수 있습니다.

앗! 허리에서 팔이?

몸의 비율을 알게 되었다면 이제는 본격적으로 몸을 그립니다. 우선 얼굴의 표현을 마친 다음 얼굴과 몸을 연결해주는 목을 그려주어야 합니다. 보통의 유아들은 목을 생략하는 경우가 많습니다. 얼굴과 몸만 존재하고 귀, 목, 손과 발이 아이들의 성장에 따라 가장 늦게 그려지는 부분이기도 합니다. 그만큼 아이들에게 어려운 부분입니다.

특히 목의 두께보다 목의 길이를 정하기가 어렵습니다. 아직 손의 힘이 부족하여 넘치게 그리거나 보이지 않을 정도로 작게 그리는 경우가 있습니다.

목을 생략하지 않고 그린 것에 대한 칭찬은 정말 많이 해 주어야 합니다. 자신감이 생겨 점차 목의 형태도 자연스럽게 몸과 연결되는 순간이 올 것입니다.

목 그리는 것을 너무 귀찮아하거나 자주 잊어버리게 되면 목에 반짝반짝 빛나는 스티커를 붙여줍니다. 스티커로 예쁜 목걸이를 붙이면 아이들은 흥미를 느끼게 되어 목을 기억하고 그리게 됩니다.

색다른 자극을 주면 아이들은 상당히 유쾌한 경험을 하게 되어 다음 그림을 그릴 때 생각하게 됩니다. 반짝이는 스티커는 성별에 상관없이 아이들이 좋아하고 흥미로워합니다.

이제 목이 완성되면 본격적으로 몸통을 그리게 됩니다. 몸통을 처음 그리게 되면 어떻게 그려야 할지 당황해합니다. 유아일수록 몸통을 삼각형의 모양으로 목과 몸을 모두 한꺼번에 그립니다. 두족화에서 발전된 모습으로 몸을 단순하게 표현하는 것을 즐겨 합니다.

▲ 5세 여아 그림

몸통의 기본 형태로 삼각형을 그리는 것도 괜찮지만 자연스러운 사람의 형태를 표현하기 위해서 삼각형 대신 네모를 그립니다. 각이 진 네모로 로봇처럼 어색하더라도 아이들이 쉽게 받아들이는 도형으로 시작해보겠습니다.

작은 손끝에서 시작하는 우리 아이 그림

네모를 그릴 수는 있지만 크기를 결정하는 것은 어려울 수 있습니다. 우리의 몸이 심하게 뚱뚱하거나 마르지 않게 그리도록 하면 어느 정도 어색하지 않은 몸을 그릴 수 있습니다.

몸의 크기

①은 아이의 얼굴보다 몸의 크기를 크게 그려서 뚱뚱한 모습이고, ②번인 경우는 너무 말라서 가늘어 보입니다. ③번이 어색하지 않고 가장 자연스럽고 어울려 보입니다.

주의할 점은 사람의 체구가 각기 다양해서 정해진 공식은 없다는 것입니다. 단지 사람 몸의 크기를 정할 때 어떻게 할지 모른다면 ③번과 같이 가장 자연스럽고 어울리는 크기를 선택하는 것이 좋습니다. 이해하기 쉽고 어색하지 않게 그리는 방법이기도 합니다.

적당한 몸의 위치를 잡아주었다면 상반신을 그릴 수 있도록 합니다.

몸통을 그린 후 팔을 그리게 되는데 생각보다 팔에서 많은 실수를 하게 됩니다. 실수 중 하나는 팔을 어깨가 아니라 허리에서 시작하는 경우입니다.

▲ 8세 여아 그림

▲ 6세 남아 그림

팔을 그릴 때 아이들이 허리에서 시작하는 것이 이상하다

작은 손끝에서 시작하는 우리 아이 그림

고 생각하지 않는 경우가 있습니다. 이러한 실수를 줄이기 위해서는 어깨의 위치를 정확하게 알려주어야 합니다. 허리와 어깨를 비교해 보여주어 팔이 어디에서 시작하는지 이해할 수 있도록 도와줄 수 있습니다.

그렇다고 바로 팔을 어깨에서 그리기는 쉽지 않으며 여러 차례에 걸쳐 사람을 그려도 여전히 팔을 무심코 허리에서 시작하는 경우가 많습니다.

아이의 인지가 발달하고 그림을 꾸준히 그리게 되면 어깨에서부터 팔을 자연스럽게 그리게 됩니다. 매번 고치게 하는 것보다 힌트를 넌지시 던져주어 자신감을 잃지 않게 해주는 것이 좋습니다.

팔을 그릴 때의 또 다른 실수는 팔을 너무 얇게 그리거나 비틀리게 그리는 경우가 있습니다. 양팔의 두께와 길이가 다르고 팔이 아주 짧게 그려진 그림도 흔하게 볼 수 있습니다.

팔의 두께를 조절하는 것과 길이를 맞추는 활동 또한 실제로 팔을 보여주어 아이가 인지할 수 있도록 도와주어야 합니다. 튼튼한 팔을 그려주면 건강해 보인다는 것과 실제로 손이 엉덩이까지 내려오는 모습을 보여주어 생각했던 것보다 팔이 길다는 것을 알려줍니다.

팔의 위치와 길이

내 엉덩이를 찾아주세요

아이들이 사람 그리기를 할 때 몸과 다리를 연결해주는 과
정에서 가장 놓치기 쉬운 부분이 있습니다.

다음의 그림을 보며 어떤 점이 다른지 아이와 이야기를 나
누어봅시다.

다른 점을 찾아 보세요

자, 아이와 함께 찾으셨나요? 그림으로 보면 아이도 쉽게
찾을 수 있을 것입니다.

아이들은 사람의 앞모습을 주로 보기 때문에 뒷모습까지 생각하고 인지하는 것이 어려울 수 있습니다.

더욱이 사람의 엉덩이 부분을 생각하는 경우는 많지 않습니다. 어른들은 허리에서 다리가 바로 나오게 된다면 뭔가 어색한 느낌이 들겠지만, 아이들에게는 자연스러운 느낌이라 무엇이 이상한지 모를 수 있습니다.

"엉덩이는 어디에 있지?" 아이들에게 질문합니다.

엉덩이라는 단어에서 오는 익살스러움 때문에 웃거나 부

작은 손끝에서 시작하는 우리 아이 그림

끄러워할 수 있지만, 우리 몸에서 그 위치를 찾아보자고 하면 허리 밑을 잘 가리킵니다. 정면에만 익숙해져 있는 아이들에게는 엉덩이와 몸이 분리되어 앞과 뒤를 함께 생각하지 못하게 됩니다.

이럴 때 바지를 꺼내 보여주면 쉽게 이해할 수 있습니다. 바지를 보면 허리 조금 밑에서부터 다리 부분이 연결되어 있습니다. 그 조금 밑 부분이 바로 엉덩이 부분으로 평면으로 두고 보면 쉽게 알 수가 있습니다.

다리를 그릴 때 도움 되는 바지 모양

또는 우리가 화장실에 가서 소변을 볼 때 소변이 배꼽에서 나오는지 생각해 보자고 하면 아이들은 상상하며 한참을 재 밌게 웃습니다.

윗옷이 크거나 길어서 엉덩이 밑에까지 내려오거나 치마 를 입어서 엉덩이 부분이 가려지는 경우 그대로 다리부터 그 려야 합니다.

가끔 다리 표현이 어려워 티셔츠를 길게 그리거나 치마만 그리는 아이들도 있습니다. 그만큼 익숙하지 않아 생략하려고 합니다.

엉덩이 부분만 조심해서 그리면 나중에 다리 관절에 변화를 주어도 그림이 어색하지 않게 됩니다. 달리기하는 모습이나 구부리거나 앉아 있는 모습을 자연스럽게 표현할 수 있게됩니다.

손이 커? 발이 커?

나의 몸을 균형 있게 종이에 담아내는 마지막 과정으로 손과 발을 그려보겠습니다.

아이들이 가장 염두에 두지 않고 표현하는 부분이 엉덩이를 고려한 다리 그리기였다면 사람을 그릴 때 가장 두려워하는 부분은 바로 손입니다. 손을 한 번에 쉽게 그리는 아이들은 드물고 어른들 또한 가장 고민해서 그리게 됩니다.

손을 가장 쉽게 표현하는 방법으로 유아들은 동그라미로그리지만, 그마저 생략하는 경우가 많습니다.

▲ 7세 남아 그림

　유아뿐 아니라 사람 그리기를 많이 한 아이들도 손을 가장 마지막에 그립니다. 그린 후에도 어색해서 여러 번 반복해서 지우기도 하며 손가락의 모양이 모든 그림에서 같게 나오기도 합니다.

　우선 유아들이 손을 쉽게 표현할 수 있도록 동그라미부터 그려보겠습니다. 팔이 끝나는 부분에 동그랗게 그림을 그립니다. 손이라는 형태를 그렸다는 점에서 칭찬을 해주며 자신의 손을 보게 합니다.

손가락이 몇 개인지 세어보고 손등과 손바닥도 만집니다. 손가락 다섯 개가 어떤 모습으로 보이는지 확인한 후에 그림에도 다섯 개의 손가락을 그리도록 알려줍니다.

물감을 묻혀 손바닥 찍기

처음에는 양손 모두 종이 위에 물감을 묻혀 찍어보거나 색연필로 양손을 따라 그려 손가락을 익혀보면 좋습니다.

손의 구조와 형태를 이해하는 데 도움이 되고 손가락의 위치와 길이의 올바른 표현을 직접 경험해볼 수 있습니다.

또는 손을 많이 보고 움직일 수 있도록 가위바위보 게임을 하여 손에 대한 즐거운 마음이 들 수 있도록 합니다.

동그라미에 손가락을 그려보는 과정

유아들은 손가락 그리기를 할 때 이처럼 동그라미를 그리고 손가락 모양의 타원형 다섯 개를 길게 그립니다. 꽃 모양 같지만 가장 쉽게 손가락이 달린 손의 모양이 생기게 됩니다.

보통은 손가락이 훨씬 짧게 표현되는 편입니다. 또는 주먹을 쥐거나 물건을 잡을 때, 무엇을 가리켜도 똑같이 쫙 펼친 모습으로 그려집니다.

▲ 9세 여아 그림

작은 손끝에서 시작하는 우리 아이 그림

점차 관절을 이해하기 시작하면 손가락 다섯 개를 자연스럽게 표현하기 시작합니다.

차렷 자세로 손가락을 자연스럽게 떨어뜨려 보면 양손의 엄지손가락이 안쪽으로 향하게 됩니다.

엄지손가락을 먼저 살짝 구부리듯이 안쪽으로 그려줍니다. 그림과 같이 엄지와 검지 사이가 가장 많이 벌어집니다. 엄지를 제외한 나머지 손가락은 자연스럽게 겹치듯이 그려주면 됩니다.

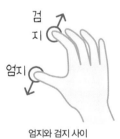

엄지와 검지 사이

▲ 8세 여아 그림　　　　　　　▲ 9세 남아 그림

　　다음의 다양한 손 모양을 아이와 함께 보면서 손의 모습을 이해해봅시다. 동그라미에서 시작한 다섯 개의 손가락을 그리면서 손가락의 움직임까지 생각하여 그립니다. 처음에는 서툴러도 반복된 연습과 그릴 수 있다는 자신감을 가지고 시도합니다.

다양한 손 모양

　　　　　　　　작은 손끝에서 시작하는 우리 아이 그림

몸 그리기의 마지막 부분인 발을 그려보겠습니다. 아이들이 손뿐 아니라 발을 많이 생략하거나 정말 작게 그리기도 합니다.

가장 좋은 방법은 손과 발을 대보게 하여 크기를 비교하게 하는 것입니다.

"손이 커? 발이 커?"

발을 직접 손과 비교하는 것은 아이들이 발의 구조와 형태를 이해하는 데 도움이 됩니다. 실제로 손과 발을 비교해 보고 자신이 발을 작게 그렸음을 인지하지만 그림으로 적절하게 표현하는 것을 어려워합니다.

아이들은 발을 손보다 크게 그리는 것을 어색하게 생각하기도 합니다. 발을 크게 그리도록 조언하면 의식해서 엄청나게 큰 발을 그리기도 합니다.

반복적인 연습을 통해 머리에서부터 단계별로 몸을 그리면서 전체적인 비율과 형태를 유지하도록 이끌어주어야 합니다.

발을 작거나 크게 그린 그림

발을 그리기 어려워한다면 발만 그려서 연습해 보는 것도 괜찮습니다. 아이의 발을 종이 위에 올려놓고 발을 따라 그립니다. 발가락을 그리면 간지러워서 웃음을 참지 못하고 움직일 수도 있습니다. 잘 참고 있다고 칭찬해주어 즐거운 발 그림이 될 수 있도록 합니다.

자신의 발을 따라 그리는 과정

작은 손끝에서 시작하는 우리 아이 그림

아이들은 발을 그린 후 발톱에 알록달록하게 색칠하는 것을 정말 좋아합니다. 반짝이 스티커로 화려하게 붙이거나 자신의 신발도 그립니다. 마음껏 원하는 대로 표현하면 집중해서 발 그림을 완성할 수 있습니다.

발 그림을 채색하는 과정

여기에 그림의 완성도를 위해 발을 물속에 담근 것처럼 표현합니다.

발밑에 물고기를 그리고 반은 땅의 색으로 반은 물의 색으로 채색합니다. 마지막에 물결로 마무리하면 시원한 발 그림이 완성됩니다.

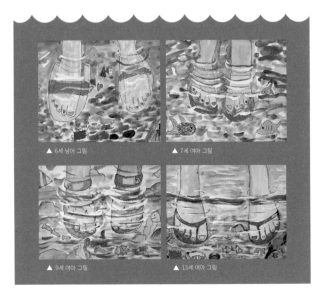

▲ 6세 남아 그림　　▲ 7세 여아 그림

▲ 9세 여아 그림　　▲ 13세 여아 그림

발 그리기를 응용한 활동

　계절에 따라 운동화 그리기로 발의 크기와 모양을 연습하는 과정도 좋습니다.

　종이에 자신의 발을 대고 그린 것과 운동화의 밑창을 대고 그린 것을 비교해서 발의 크기와 운동화의 크기를 살펴봅니다. 자신의 발 모양과 운동화 모양이 어떻게 다른지도 생각해봅니다. 운동화 신은 발을 작게 그린다면 자연스럽게 발보다 더 크게 그려야 하는 것을 이 과정을 통해 알게 됩니다.

운동화 그리기는 세부적인 부분을 관찰해서 표현하기 때문에 지루할 수도 있습니다. 반짝이나 스티커를 사용해서 꾸미는 즐거운 활동으로 끝까지 완성할 수 있도록 도움을 줍니다.

한 번쯤은 소중한 자신의 발을 생각해 보고, 발이 커지면서 신발이 바뀌는 아이의 성장 과정을 함께 느껴보는 행복한 시간을 보내시기 바랍니다.

▲12세 남아 그림

사람의 얼굴에 이어 몸을 그리는 연습을 해보았습니다. 목에서 발까지 그리는 과정에서 알아둘 것이 생각보다 많습니다. 정확하게 몸의 비율을 고려해서 그리기보다 편안함과 즐거움이 가득한 그림으로 그려야 합니다. 사람의 몸을 그리는 그 행위 자체가 몸을 그리는 성공의 시작입니다!

얼굴과 삼각형 몸이 전부이거나 항상 같은 자세의 정면만 그려도 그것은 아이가 인지하고 있는 사람의 전부이기에 억지로 바꾸려고 의도적으로 주입하는 것은 좋지 않습니다. 스스로 경험할 수 있도록 실제 모습들을 보여주고 만져보게 해 성장하는 기회를 주는 것이 더욱 중요합니다.

여기에 부드럽고 따뜻한 조언은 아이들이 그림에 자신감을 가질 수 있는 최고의 선물이 될 수 있습니다. '칭찬은 고래도 춤추게 한다.'라는 말이 있습니다. 저도 요즘 운동을 배우는데 운동신경이 부족해서 힘들지만, 칭찬과 응원을 받으니 용기를 얻어 꾸준하게 해보겠다는 다짐을 하게 되었습니다.

"정말 잘하고 있어서 계속해서 발전하는 모습이 보이는구나, 멋지다!"와 같은 칭찬은 아이들에게 성취감을 느끼게 해주어 어려움을 극복할 수 있는 큰 힘이 됩니다.

몸의 부분을 생략하거나 힘없이 작게 그리고 형태에 변화가 심하다면 반복적인 관찰과 연습으로 잘 그릴 수 있다는 것을 알려줍니다. 이를 통해 실력이 조금씩 향상되어 자신감을 키우면 그림 그리기는 저절로 따라오게 됩니다.

또한, 몸을 멋있게 그려야 한다는 부담감 대신 사람의 몸을 바라볼 때 긍정적으로 생각하고 사람을 자주 그려보는 방향으로 이끌어줍니다. 그러면 자신이 표현하고 싶은 몸을 자유롭게 표현하고 나타낼 수 있는 날이 자연스럽게 오게 됩니다.

유쾌하고 자유로운 마음으로 나만의 스타일을 자신 있게 표현하는 것이 아이들의 황금 비율이라고 할 수 있습니다.

엄마는 오늘도 아이에게
하트를 그려줍니다.

그런 엄마의 손이
세상에서 가장 아름답습니다

작은 손끝에서 시작하는 우리 아이 그림

3

–

움직이는 사람을 과감하게 그리는 마법

　이제까지 사람을 쉽게 그리면서 자연스러운 모습으로 표현하는 방법을 배워보았습니다. 혹여 그 방법대로 그리지 못하거나 어색하더라도 인지를 하고 이해하였다는 점에서 의미가 있습니다. 사람의 형태와 비율을 머리로 이해하였다면 꾸준한 연습을 통해 처음 그릴 때보다 편안한 사람의 모습으로 표현할 수 있게 됩니다. 그 후에 다양한 사람의 모습을 표현하는 것도 도전해 봅시다.

　사람을 주로 정면으로 그렸다면 이번에는 움직이는 다양한 모습으로 그려봅시다. 움직이는 사람을 그리게 되면 상황에 맞는 장면을 그리는 것에 도움이 됩니다. 하지만 사람의 동작을 자유롭게 그리는 것은 매우 어려운 일입니다. 아이들이나 어른들에게 움직이는 사람을 단숨에 그리라고 하면 바로 포기할 것입니다. 하얀 종이 위에 움직이는 사람을 그려보라고 무작정 제안하기보다는 호기심을 자극하고 익숙하고 쉬운 방법으로 시도해야 합니다. 그래야 부담 없이 움직이는 사람을 과감하게 담아내는 신기한 경험을 하게 됩니다.

동세를 그리는 방법을 다양하고 흥미로운 활동으로 시작해봅시다. 움직이는 사람을 그리는 것에 대한 두려움보다 재미있는 시간을 보냈다는 것에 대한 행복한 추억으로 가득해질 수 있습니다.

우리 몸의 관절은 어디에?

움직이는 사람을 표현하기 위해서는 관절의 움직임을 먼저 이해해야 합니다. 우리 몸의 관절이 어디에 있는지 아이들과 먼저 살펴보도록 합니다.

관절이란 뼈와 뼈가 서로 맞닿아 연결된 곳으로 인체의 움직임을 가능하게 합니다. 아이들과 함께 몸의 관절이 어디에 있는지 알아맞히는 게임을 하면 서로 찾아보려 하고 자신의 몸을 탐색하며 즐거워합니다. 관절의 위치를 익혀두면 움직이는 몸을 그릴 때 이해가 쉽고 도움이 많이 됩니다.

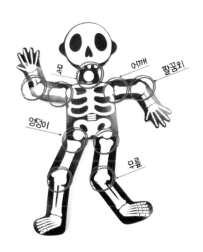

아이들에게 관절을 쉽게 이해시키고 인체에 대한 호기심을 자극하는 좋은 도구로 관절 종이 인형을 활용합니다. 아이들이 직접 관절 부분을 돌려보면서 다양한 자세를 관찰할 수 있습니다.

실제로 자신의 뼈가 어디에서 구부러지고 펼쳐지는지 움직여봅니다. 관절 종이 인형의 모습대로 자신의 몸을 만들어보면 굉장히 재미있는 자세가 나오면서 아이들의 호기심을 자극합니다.

　흥미롭게 사람의 관절을 이해하는 시간을 보냈다면 이번에는 관절 종이 인형의 모습을 그림으로 표현하여 움직임을 익혀봅니다.

관절 종이 인형을 보고 사람 그리기

　관절 종이 인형의 움직임을 고정하고 그 모습대로 그림을 그립니다. 팔과 무릎의 변화를 생각하여 있는 그대로를 표현하도록 노력합니다.

▲ 7세 남아 그림

그 외에도 허리, 손목, 손가락, 발목, 발가락 등이 있지만 처음 움직이는 사람을 그릴 때는 최소한의 움직임을 응용하여 표현할 수 있도록 지도합니다.

걸어가는 사람들

사람의 앞모습에서 이제는 옆모습에 도전해보겠습니다. 옆모습을 표현하려면 먼저 사람이 바라보는 시선을 생각해보아야 합니다.

보통 아이들은 몸은 옆으로 가고 있어도 얼굴은 항상 정면을 바라보게 그리는 경향이 있습니다. 그럴 때는 실제로 얼굴은 정면으로 하고 몸을 옆으로 돌려서 걸어가는 흉내를 내어보면 어색한 점을 바로 찾아낼 수 있습니다.

몸의 방향과 마찬가지로 얼굴의 방향도 달라지는 점을 알게 되었다면 얼굴의 방향을 바꿔주는 연습을 해야 합니다. 얼굴의 방향을 바꿔줄 때는 사람이 바라보고 있는 곳에 가상의 점을 찍어 시선의 방향을 결정합니다.

시선의 방향

그 방향에 맞추어 눈의 위치를 먼저 정하고 눈의 위치에 따라 자연스럽게 코와 입, 귀를 그려줍니다. 눈은 그대로 정면을 바라보면서 눈동자만 움직이게 그리기도 합니다. 어렵더라도 다음의 그림을 보며 시선에 따른 눈의 위치를 살펴보고 그려보도록 합시다.

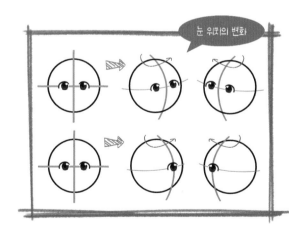

작은 손끝에서 시작하는 우리 아이 그림

시선의 방향대로 눈, 코, 입, 귀를 그립니다. 다음에 머리 부분을 꾸며주어 얼굴을 완성합니다.

눈의 위치를 처음부터 잡는 것은 예상보다 어려울 수 있습니다. 정해진 위치에 눈을 그려도 그림 전체에서 시선이 어색하게 느껴질 수 있습니다.

시선이 어색하다고 느껴진다면 다른 사람의 얼굴을 관찰해보는 것도 좋습니다. 사람의 얼굴이 종이처럼 평평하지 않고 동글동글한 공처럼 생겼다는 것을 느끼면 눈의 시선을 금방 이해할 수 있습니다.

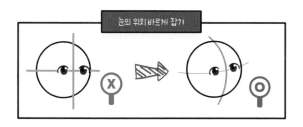

위의 그림처럼 얼굴을 볼록한 탁구공이라고 생각합시다. 초록색 세로선과 가로선도 볼록하게 그려 눈의 위치를 잡는다면 눈이 훨씬 안정감 있고 자연스러워 보일 수 있습니다.

하지만 어린 나이의 아이들에게 정확한 시선 처리를 바라는 것보다 얼굴을 돌려서 다른 곳을 바라볼 수 있다는 사실을 이해시키는 방향으로 알려주어야 합니다.

다양한 자세를 많이 그려보면서 얼굴의 입체를 이해하게 된 후에 눈의 위치를 바르게 잡는 연습을 시도하는 것이 좋습니다.

이렇게 좌우로 먼저 잡은 눈의 위치가 변화되면서 몸의 방향도 상상할 수 있습니다. 이제 얼굴을 그렸다면 몸을 그려보도록 하겠습니다.

얼굴을 그리고 난 후 목과 몸통을 그립니다. 몸의 크기는 몸의 정면과 비슷하게 표현하지만 팔과 다리의 방향에 따라 몸의 기울기가 달라 보입니다.

앞모습의 팔과 다리가 정면으로 향해 있다면 옆모습의 팔과 다리는 눈의 시선에 맞춰서 변화를 주게 됩니다. 그래서 양쪽 팔과 다리의 위치와 길이가 다르게 그려집니다.

작은 손끝에서 시작하는 우리 아이 그림

다양한 몸의 움직임

양팔을 그릴 때 어깨에서 시작하여 자연스럽게 팔이 향하는 방향을 관찰합니다. 팔의 움직임에 따라 어깨와 팔꿈치의 위치가 변하는 것을 알게 되지만 어렵게 생각될 수 있습니다. 다리의 움직임도 마찬가지입니다. 엉덩이와 다리를 연결하는 과정은 더 복잡하여 이해하기 힘들 수 있습니다.

▲ 7세 남아 그림

아이들은 그려진 팔의 움직임이 어색하고 이상해서 연필 한 줄로 팔을 그리거나 팔과 다리를 투명한 상태로 마무리하기도 합니다.

7세 남아 그림에서 1번 선수는 엉덩이에서 다리가 나오는 것을 인지시켜 준 후 그렸습니다. 하지만 2번 선수와 3번 선수를 그릴 때 여전히 혼동되어 어렵게 표현한 흔적이 보였습니다.

아이들이 아직 입체를 이해하고 표현하지 못하기 때문에 움직이는 모습을 그릴 때 어려움이 많습니다. 아직 몸과 겨드랑이 사이의 입체적인 공간을 평면으로 인식하고 다리의 입체를 생각하지 못해서 엉덩이와 다리를 연결하지 못하게 됩니다.

앞모습에서 옆모습으로 변화를 줄 때 도움이 되는 방법으로 사람의 움직임을 쉽게 익혀보는 활동을 하겠습니다. OHP 투명 필름에 비친 사람의 모습을 보고 펜으로 따라 그리는 활동으로 어린 나이에도 완성할 수 있으며 부담 없이 편안하게 움직이는 사람을 표현할 수 있습니다.

작은 손끝에서 시작하는 우리 아이 그림

간단한 이미지 느낌과 흥미로운 활동을 위해 현대미술작가 '줄리언 오피'의 작품을 응용하겠습니다.

'줄리언 오피'의 작품을 투명 필름에 비추어 사람들의 옆모습을 관찰하고 매직으로 동세를 따라 그립니다. 옷이나 가방 등을 채색하고 디자인 마스킹 테이프로 꾸며주면 멋진 작품이 완성됩니다. 밝고 선명한 색감으로 움직이는 사람들을 더욱 활기차게 표현해줍니다.

걸어가는 사람의 모습을 오려 우드록에 붙여서 세워두거나 줄에 묶어 모빌처럼 매달면 입체감이 생겨 더 활동적으로 보입니다.

동세 표현으로 널리 활용되는 방법으로 가정에서 충분히 가능한 활동입니다. 자신만의 스타일을 꾸며가는 과정은 아이들에게 큰 즐거움을 주고 완성된 성취감을 느끼게 해줄 수 있습니다.

▲ 6세 여아 그림

▲ 8세 여아 그림

▲ 13세 여아 그림

작은 손끝에서 시작하는 우리 아이 그림

알파벳 자전거 타기

걸어가는 사람의 움직임을 이해하였다면 이번에는 좀 더 관절을 활용하여 앉아 있는 사람을 표현하겠습니다. 앉아 있는 사람을 표현할 때에는 몸의 균형과 자세가 중요합니다.

관절을 적극적으로 구부려서 자전거 타는 사람을 표현해 보겠습니다. 자전거를 타고 있는 사람을 나타내어 보면 그림이 움직이는 것처럼 생동감이 느껴집니다.

자전거를 타는 모습을 그리기 전에 자전거를 먼저 그립니다. 자전거는 알파벳 모양을 합쳐 표현할 수 있습니다. 알파벳은 아이들이 어렵지 않게 따라 쓸 수 있고 문자의 조합이 그림이 되어가는 과정을 흥미롭게 기대하기도 합니다.

그럼 연상되는 알파벳으로 자전거를 쉽게 그려보겠습니다.

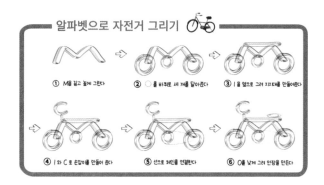

① M을 길고 높게 그린다

② ○를 바퀴로 세 개를 달아준다

③ l을 옆으로 그려 지지대를 만들어준다

④ l 와 C 로 손잡이를 만들어 준다

⑤ 선으로 체인을 연결한다

⑥ O를 낮게 그려 안장을 만든다

자전거를 단계별로 따라 그릴 수 있도록 천천히 진행합니다. 그럼 누구든지 쉽게 자전거를 표현할 수 있습니다.

알파벳 M을 최대한 길고 높게 반듯하게 그려줍니다. 또는 삼각형 두 개를 그려 연결해도 좋습니다.

자전거 바퀴살을 그리고 체인을 연결하듯 그려주면 완성도가 높아집니다. 아이들이 자전거에 대한 경험이 있는 경우가 많아서 이외에도 자전거를 꾸며주거나 사실적인 묘사를 하는 경우가 많습니다.

주의할 점은 자전거를 그릴 때 한 줄보다 두 줄로 입체감 있게 그리도록 알려주어야 합니다. 튼튼하게 그려야 앉아 있는 사람을 그렸을 때 안정된 느낌이 들 수 있습니다.

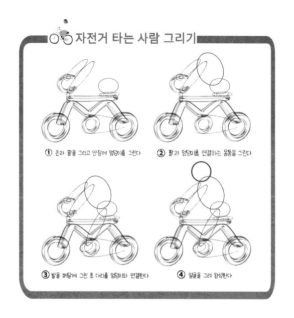

자전거 타는 사람 그리기

① 손과 팔을 그리고 안장에 엉덩이를 그린다

② 팔과 엉덩이를 연결하는 몸통을 그린다

③ 발을 페달에 그린 후 다리를 엉덩이와 연결한다

④ 얼굴을 그려 완성한다

　자전거를 모두 그렸으면 이제 사람을 자전거 위에 앉힐 수
있도록 합니다. 조금 어려울 수 있겠지만 가장 쉬운 부분부
터 자전거와 하나가 되도록 연결해보겠습니다.

　자전거 타는 사람의 그림은 가능하다면 먼저 손과 엉덩이
그리고 발을 그려서 위치를 정하는 것이 좋습니다.

　손, 엉덩이, 발이 자전거에 닿는 부분이므로 이를 중심으
로 팔과 몸통, 다리를 연결합니다. 얼굴은 가장 마지막에 그

려주거나 상체를 그릴 때 연결해서 그려도 괜찮습니다.

자전거에 손, 엉덩이, 발을 먼저 그리는 것은 몸이 떠 있는 것을 방지하고 팔이나 다리가 짧아지는 것도 예방할 수 있습니다.

손, 엉덩이, 발을 자전거에 먼저 그린 후 완성한 사람의 그림

먼저 손, 엉덩이, 발을 그리고 나서 나머지 몸의 부분을 거꾸로 연결해주면 사람의 모습이 다양하게 표현됩니다. 그려진 사람의 몸이 앞으로 많이 숙이게 되거나 꼿꼿하게 앉아 있기도 합니다.

아래의 그림처럼 머리카락의 모양으로 쌩쌩 달리는 느낌과 천천히 달리는 느낌을 표현할 수도 있습니다. 8세 여아의 그림에서는 머리카락과 더불어 가방 또한 빠르게 달리는 모습으로 나타내었습니다.

▲ 8세 여아 그림

▲ 6세 여아 그림

이제 자전거가 종이 안에서 움직이는 활동을 해보겠습니다. 종이 양옆에 칼집을 내어 길을 만들어 끼워줍니다. 자전거를 탄 사람을 그리고 채색한 후 오려서 길 위에 붙입니다.

길을 움직여 보면 마치 자전거도 덩달아 움직이는 것처럼 보이게 됩니다. 달리는 모습을 느낄 수 있도록 움직이게 만들어보면 아이들에게 재미를 줄 수 있습니다.

① 자전거 타는 사람을 그리기

② 물감 묻힌 롤러로 길을 표현하기

③ 길이 움직일 수 있도록 양쪽에 칼
집을 내어 끼워준 후 배경을 간단
하게 그리기

　자전거를 좋아하는 아이들은 자신이 타고 다녔던 경험으로 자전거를 꾸미고 자전거를 타고 다녔던 길가에 대한 행복한 기억을 담아 그리기도 합니다.

　빵집에서 맛있고 고소한 빵을 잔뜩 사서 신나게 자전거를 타고 집으로 가는 모습을 상상해서 그릴 수 있습니다. 비가 오는 날에도 자전거를 탈 만큼 자전거에 애착이 많은 아이의

　　　　　　　　작은 손끝에서 시작하는 우리 아이 그림

마음이 담긴 그림도 있습니다.

▲ 8세 여아 그림

▲ 10세 남아 그림

모두가 나의 모델이 된다

걸어가는 사람과 자전거를 타는 사람을 표현했다면 마지막 사람의 동세 표현으로 좀 더 활동적으로 표현하여 달리는 모습을 그려보겠습니다.

걸어가는 사람을 응용하여 팔과 다리의 모습을 적극적으로 나타낼 수 있으므로 사람의 옆모습을 연습하는 또 다른 과정이 될 수 있습니다.

아이들에게 달리는 사람에 대한 표현은 두렵고 도전적일 수 있습니다. 즐거운 과정을 통해 신나고 활동적인 그림이 표현될 수 있도록 분위기를 만들어주어야 합니다.

아이들이 뛰어노는 모습을 실제로 보면서 한 번에 빠르게 그리기는 어려울 것입니다. 빠르게 뛰는 동작을 한 번에 담기보다는 동작을 세분화하여 생각하고 그리는 시간이 필요합니다.

그러기 위해서 주변 사람들이 직접 모델이 되어 달리고 있는 모습을 보여주는 것이 좋습니다. 앉아 있는 모델이 되는 것도 어려운데 뛰고 있는 모습의 모델이 가능한지 궁금하실

작은 손끝에서 시작하는 우리 아이 그림

것입니다.

우리는 전문 모델이 아니므로 그런 부담감을 내려놓고, 아이들과 놀이 방식으로 즐겁게 활동하면 됩니다.

무작정 모델이 되도록 뛰어보라고 하는 것보다 서로를 바라보며 오래 한 발 서기 시합부터 시작합시다. 아이들이 정말 좋아하는 시합으로 마지막까지 한 발을 들고 서 있는 아이가 승리합니다.

서로 웃고 웃기면서 방해도 하고 오래 서 있기 위해 애쓰고 있기도 합니다. 몸을 이용한 시합은 상대방에게 나의 몸동작을 자연스럽게 보여주고 관찰할 수 있는 좋은 방법입니다.

오래 한 발 서기 시합을 통한 움직임 관찰

다음에는 좀 더 활동적인 방법으로 신나게 뛰어도 봅니다. 뛰어다닐 때 나의 팔과 다리의 움직임을 생각해 보고 이야기도 나눕니다.

모델이 되려면 우선 남들 앞에 서 있는 것에 대한 자신감이 필요합니다. 부끄러움이 많더라도 사람들 앞에 잠깐 서 있는 연습을 할 수 있도록 칭찬과 응원을 아끼지 말아야 합니다.

신나게 뛰어놀며 몸동작을 보여주는 활동

조명 아래 아이들이 춤을 추고 있듯이 신나게 뛰어놀아도 된다고 알려줍니다. 다양한 자세가 나올 수 있도록 몸을 자유롭게 움직일 수 있도록 해줍니다.

신나게 놀았던 그 경험이 아이들에게 행복한 달리기 그림 그리기의 시작이 될 수 있습니다.

모델은 아이들이 그림의 형태를 그리는 동안 편한 자세로 쉬어도 괜찮습니다. 다시 그림을 그릴 때 달리는 자세를 잡습니다. 자세가 바뀌어도 아이들은 즐겁게 그림을 완성할 수 있습니다.

모델을 보고 그리게 되면 동작을 몇 차례 반복하여 관찰하고 그릴 수 있어서 달리는 사람 표현이 가능해집니다. 사람의 형태를 완벽하게 그리는 것보다 그 특징을 살려서 달리는 움직임이 느껴지게 그리면 좋습니다.

▲ 7세 여아 그림

▲ 12세 여아 그림

달리는 사람의 모습을 그린 후에는 운동회에 왔다고 상상하며 배경으로 운동장을 표현합니다. 운동회에서 달리기 시합을 하는 사람들의 표정과 다양한 상황을 나타내보면 활동적이고 유쾌한 동세 그림이 완성될 것입니다.

운동회의 달리기 시합 장면을 그린 그림

모델은 스케이트보드를 타고 달리는 듯한 자세를 할 수도 있습니다. 넘어질 것 같은 모델의 아슬아슬한 모습을 관찰하면 재미있습니다. 아주 잠깐의 움직임을 보고 상상해서 역동적인 사람을 그려봅시다.

그린 사람을 오려서 스케이트보드 모양의 장난감 위에 튼튼하게 붙여줍니다. 완성 후 달리기 시합을 하면 신이 나고 흥미로운 활동으로 이어집니다.

스케이트보드를 타는 모습의 그림

스케이트보드 장난감으로 시합하기

"동세"

　움직이는 사람 그리는 것을 아이들이 어려워하기 때문에 흥미로운 도구와 활동으로 이끌어야 합니다. 관절 종이 인형을 활용해서 인체를 이해할 수 있도록 합니다. 몸의 움직임을 경험한 후에 자연스러운 모습을 생동감 있게 담으면 좋습니다.

　무엇보다도 운동감이 있는 동세 그림은 아이들이 신나고 즐거운 마음으로 그려야 합니다. 움직임에 대한 즐거움이 긍정적으로 남으면 아이들에게 새로운 에너지를 만들어주고 마음을 성장시키는 원동력이 될 수 있습니다.

　아이들은 다양하게 움직이고 활동합니다. 마음껏 뛰고 달리고 넘어지는 일상을 어른들이 존중해주면 아이들의 몸과 마음도 자유롭게 성장할 수 있게 됩니다. 이러한 존중을 통

작은 손끝에서 시작하는 우리 아이 그림

해 그림에서도 아이들의 몸과 마음의 동세가 자유롭게 표현되기도 합니다.

아이들이 그린 사람의 움직임에는 자유가 있습니다. 완벽한 그림보다 자유로운 그림이 더욱 매력 있게 느껴집니다. 움직이는 사람을 과감하게 담아내기 위해서 편안함과 자유로움이 필요합니다.

활기차고 생동감 넘치는 아이들의 자유로운 일상을 담아서 그림으로 그린다면 동세 그림이 가장 신나는 그림으로 남을 것입니다.

한적한 공원에서 아버지와 마음껏 축구를 하며 즐겁게 움직였던 시간과 친구들과 뛰어노는 숨찬 순간을 기억해봅시다. 그런 기억에서 동세를 찾아보면 표현이 서툴더라도 마음이 생기고 용기가 생길 것입니다.

나의 움직임에 맞춰
아버지의 그림자가 보인다.

작은 손끝에서 시작하는 우리 아이 그림

Part
3

사람 그리기로 완성되는
그림의 특별한 힘

일상에서의 만남을 그리다

풀꽃

1
자세히 보아야
예쁘다

오래 보아야
사랑스럽다

너도 그렇다.

2
이름을 알고 나면 이웃이 되고
색깔을 알고 나면 친구가 되고
모양까지 알고 나면 연인이 된다
아, 이것은 비밀.

3
기죽지 말고 살아봐
꽃 피워 봐
참 좋아.

짧지만 강한 울림을 주는 나태주 시인의 「풀꽃」을 아이와 함께 읽어보면 정말 좋을 것 같습니다.

'자세히 보아야 예쁘고 오래 보아야 사랑스러운 우리의 아이'로 생각하며 시를 낭독해봅시다!

시를 낭독하며 아이의 모습을 천천히 기억해보면 아이의 예쁘고 사랑스러운 순간들이 떠오를 수 있습니다. 우리 아이에 대한 감정을 새삼 느끼게 되면서 후회되는 행동이 떠오르거나 미안한 마음을 가질 수도 있고 소중한 마음이 가득해질 수도 있습니다.

각자의 상황에 맞는 생각과 마음을 느끼셨다면 이번에는 반대로 아이들에게 '자세히 보아야 예쁘고 오래 보아야 사랑스러운 부모님'을 생각하고 시를 읽어보도록 해봅시다. 그 후에 아이들의 생각을 이야기 나눕니다. 서로가 얼굴을 바라보고 마음을 느껴보는 귀중한 시간이 되었으면 좋겠습니다.

「풀꽃」의 '이름을 알고 나면 이웃이 되고, 색깔을 알고 나면 친구가 되고, 모양까지 알고 나면 연인이 된다.' 이 구절을 읽으면서 사람을 알아가는 과정에 대한 행복함이 느껴졌습니다.

작은 손끝에서 시작하는 우리 아이 그림

일상생활 속에서 만나는 사람들에 대해 아이들과 함께 수많은 이야기꽃을 피워나가며 서로의 마음을 읽어주고 힘찬 응원으로 그림을 그립시다.

관찰하는 모든 것

우리 아이들의 일상을 머릿속에 그려보도록 합니다. 매일 똑같이 반복되는 일상 속에서도 하루하루가 항상 똑같지 않습니다. 평소 좋아하는 음식을 먹으러 음식점에 갈 때도 있고 긴장되는 시험을 치르러 학교로 향할 때도 있습니다. 때로는 생각지도 못한 행운이나 위험이 주변에 있을 수도 있습니다.

그런 일들을 주제로 그림을 그려보면 자신만의 기록이 될 수 있습니다. 그림 안에서 벌어지는 다양한 크고 작은 일들을 그려보면 가까운 주변 모습이 생각나게 됩니다.

주변 모습을 그릴 때는 그 특징이 머릿속에 떠올라 상상하거나 기억하게 됩니다. 가까운 주변 환경일수록 익숙해져서 쉽게 떠오를 수 있습니다. 다양한 모습을 자연스럽게 기억하여 주변 환경들을 그리면 그림이 더욱 친숙하게 느껴질 수 있습니다.

그렇다고 언제나 익숙한 주변의 모습만을 그릴 수 있는 것은 아닙니다. 반복된 습득과 경험 이외에도 처음 마주하는 많은 것을 표현할 수 있도록 관찰하는 습관을 마련해주어야 합니다.

아이들과 함께 공원에서 여유롭게 산책을 하다 보면 나지막이 들려오는 새소리와 바람 소리를 듣게 됩니다. 봄에는 꽁꽁 언 얼음이 녹으며 경쾌하게 달려가는 물소리도 들려옵니다. 그 소리와 소리 사이로 아이들이 멈춰 있기도 합니다.

의도적으로 주변을 관찰하기보다는 자연스럽게 보이는 것들에 대한 호기심과 감정을 적셔보면 또다시 떠올리기 편안할 것입니다.

길가 벤치에 앉아 시원한 음료를 마시며 도란도란 아이와 이야기를 나누며 지나가는 사람들을 바라보는 것도 자연스러운 관찰의 순간이 될 수 있습니다.

그 순간에 보인 모든 것들이 나의 특별한 경험이 될 수 있습니다. 크고 작은 사건과 일과만이 나의 일기와 그림을 채

워주는 경험은 아닙니다. 추상적인 그림이 나오더라도 아이가 관찰하고 경험한 주변 환경이 가득하다면 특별한 기억을 그림으로 남겨두기 충분합니다.

집으로 가는 길

관찰하는 모든 것을 그림으로 담을 수 있다는 것을 이해하였다면 이제는 아이들이 흥미롭게 일상생활 속에서 만나는 사람들을 표현하여 보겠습니다.

먼저 사람들을 만날 수 있는 주변 환경을 만듭니다. 평면의 그림보다 입체적으로 표현함으로써 보다 직관적이고 명확한 메시지를 전달하는 것도 좋은 방법입니다.

아이들이 항상 다니는 익숙한 길은 바로 '집으로 가는 길'입니다. 그 길을 표현하게 되면 편안함이 가득 찬 풍경이 그려집니다.

이제 산책을 마치고 집으로 가는 길을 종이에 그려봅시다. 출발이 어디든지 집으로 가는 길은 우리 동네가 될 수 있습니다. 집과 가장 가까운 동네의 모습을 떠올리며 길을 표현합니다. 오목조목 복잡한 길보다 간단하고 단조롭게 그리는 것이 좋습니다.

길을 표현하였다면 이번에는 건물을 만듭니다. 종이 상자에 구멍을 내어 창문을 만들고 아이들이 좋아하는 불빛 전구를 달아주면 호기심 가득한 활동이 됩니다.

| 건물 색칠하기 | 창문에 전구 달기 | 다양한 건물 만들기 |

건물을 만들다 보면 아이들이 적극적으로 창의적인 구조물을 탄생시키기도 합니다.

건물을 만드는 활동 장면   협동해서 구조물을 만드는 모습

직접 건물이나 가게를 그릴 수 있다면 두꺼운 종이에 표현하여 오려주고 입체적으로 세워줍니다. 주변의 건물이 생각나지 않는다면 직접 나가서 확인해보도록 합니다. 어떤 물건을 팔거나 일을 하는 곳인지 마음에 드는 몇 곳을 골라보는 것도 좋은 방법입니다.

꽃가게

마트

의상실

도로 만들기

길 위에 만든 건물이나 구조물 등을 세워줍니다. 도로 바닥에 경계선 표시를 해주고 나무와 공원도 만들어 나의 동네를 꾸며줍니다.

아이들 스스로 다양한 재료로 마음껏 만들어보게 하면 놀이터를 가장 좋아하고 잘 만듭니다.

다양한 재료로 놀이터를 만드는 모습

울타리가 있는 공원

놀이터

작은 손끝에서 시작하는 우리 아이 그림

마지막으로 동네에 있는 사람들을 만납니다. 나와 주변 사람들의 모습을 자연스럽게 그려 넘어지지 않게 지지대를 만들어 붙여줍니다.

손 흔드는 사람

아이들이 공원 벤치에 앉아 쉬고 있는 모습과 놀이터에서 뛰어놀거나 그네를 타는 모습을 그리는 것은 아이들의 활발한 모습을 재현하는 데 도움이 됩니다. 찻길 사이 서로 인사하는 모습이나 길을 걷거나 멈춰있는 다양한 아이들의 모습을 그리는 것도 일상의 표현이 됩니다. 가게에서 일하는 사람들과 천천히 걷는 할머니, 강아지와 산책하는 일상 속 사람들을 관찰하는 이야기들을 그림으로 그려 꾸며줄 수 있습니다.

일상 속 모습을 입체적으로 표현한 활동

작은 손끝에서 시작하는 우리 아이 그림

2

–

생각이 들어가는 신비한 방

내가 관찰하고 경험한 일들이 아무리 다양하고 특별하고 수없이 많아도 정리가 되지 않아 흩어져 있다면 그림으로 담아내기 힘들게 됩니다. 나의 머릿속에서 마구 돌아다니는 장면들을 잘 꾸려서 표현하는 활동도 필요합니다.

무엇을 그릴지 고민하고 생각이 많아 어디에서부터 어디까지 그려야 할지 모르면 아이들이 백지를 바라보는 막막함은 목적 없이 망망대해로 떠나는 항해자의 마음과 같을 것입니다.

머릿속에 있는 장면을 그림으로 거침없이 그리는 아이들을 보면 그 장면을 정리해서 이야기를 잘합니다. 언제 어디에서 누구와 왜 무엇을 어떻게 했는지 나름대로 육하원칙이

명확한 편입니다.

　이런 아이들에게는 그때의 상황이 영화필름처럼 펼쳐져 술술 쏟아지는 느낌을 받을 때가 있습니다.

　반면에 머릿속이 뒤죽박죽이어서 할 말이 도무지 떠오르지 않는 아이들도 있습니다. 단답형으로 간단한 대답을 한다면 먼저 어떤 장면이나 이야기를 전달하고 싶었는지 물어봅

니다. 그것들을 구체적으로 정리하고 조합하여 하나의 이야기로 만들어보도록 유도해야 합니다.

자신의 경험을 자주 이야기하고 표현할 수 있도록 경청해주고 기다려주어야 합니다. 그 과정이 반복되면 조금씩 문장을 구성해 나가며 자신의 경험을 이야기할 수 있는 자신감이 생기게 됩니다.

경험을 연결하는 마인드맵 만들기

무엇인가 시작하기 막막한 아이들에게는 아이디어와 창의적인 생각을 밖으로 끌어내기 위해 키워드를 여러 가지 나열한 후 간단한 마인드맵을 만들게 합니다.

우선 지금 가장 생각나는 단어나 좋아하는 단어를 한가운데에 크게 써줍니다. 그리고 그 단어를 중심으로 여러 갈래로 나누어 연결되는 단어를 꼬리에 꼬리를 물 듯 확장 시킵니다.

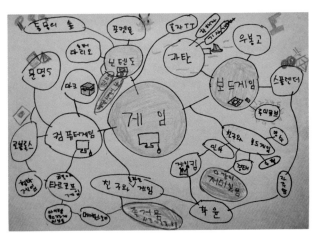

마인드맵

작은 손끝에서 시작하는 우리 아이 그림

좋아하는 게임을 시작으로 연결된 단어들을 묶어본 아이가 있었습니다. 게임에는 보드게임과 컴퓨터게임 등이 있고 누구와 어떻게 게임을 하였는지도 연결하였습니다. 그 게임을 하였을 때의 느낌도 적어보았습니다.

친구들과 보드게임하는 장면을 그린 그림

연상되어 나열된 단어 중에 가장 생각나는 한 장면을 그려보도록 하였더니 뜻밖에도 친구들과 직접 게임 판을 만들었던 즐거웠던 경험을 그렸습니다.

방안 가득 게임에 나오는 아이템들이 둥실둥실 떠다니는 모습도 그렸으며 아이들의 즐거웠던 상황을 자연스럽게 표현하였습니다. 재미있었던 경험을 미처 생각하지 못했지만 시각화된 마인드맵을 그리면서 가장 관심 있는 주제를 통해 나의 경험을 그리고 생각을 만들어내게 되었습니다.

나의 생각 속 정리 방

아이들의 마음에 작은 방을 만들어볼 수 있게 종이에 방문을 여러 개 그립니다. 그 방문 속으로 흩어져 있는 경험들을 하나씩 정리하여 보관할 수 있습니다.

작은 손끝에서 시작하는 우리 아이 그림

위의 그림을 참고하여 방문을 열고 들어가는 장면들과 어떤 일들이 일어날 것 같은지 예상해서 이야기를 해보는 것도 좋습니다. 자신의 경험에 비추어 대화를 나눕니다. 바로 이야기가 나오지 않더라도 대화를 통해 조금씩 이끌어주도록 합니다.

이야기가 즐겁게 흘러가게 되면 아이가 자신만의 방을 만들어볼 수 있도록 합니다. 방문을 열어 관련된 단어나 경험을 적습니다. 있었던 일들을 떠올려 간단하게 적어보고 자신의 감정을 솔직하게 나열합니다.

방문의 크기를 다르게 하여 자신과 관련해서 차지하는 부분의 비율을 정해볼 수 있습니다. 넣어야 할 이야기나 평소 경험과 생각이 많으면 자연스럽게 큰 방을 그리게 됩니다.

문을 닫고 나와 방문의 크기를 보면 현재 마음의 크기도 쉽게 알 수 있습니다. 이를 통해 자신이 생각하는 가치의 중요성을 시각적으로 표현해 볼 수 있습니다.

오늘 그리고 싶은 방문을 열어봅시다. 정리가 잘 되어 있으면 그중에 하나를 선택해서 그려볼 수 있습니다.

무엇인가를 생각해서 그리는 것에 어려움이 있다고 해도 아이들이 쉽게 사용하고 있는 마인드맵이나 정리 방을 만들어 조금씩 이야기들을 담아 모읍니다.

필요할 때 모아둔 것을 꺼내어보면 일기도 되고 그림도 될 수 있습니다. 여기에 창의적인 색깔이 자연스럽게 입혀지면 원하는 그림을 완성할 수 있습니다.

3
—

술술, 이야기보따리야 열려라

관찰하고 경험했던 것들을 나의 생각 속 정리 방에 담아두었다면 이제는 종이에 꺼내보아야 합니다. 정리 방에서 꺼낸 이야기들은 평면에 그대로 펼쳐져 누구나 그 이야기들을 알아보고 공감할 수 있어야 합니다.

글을 읽어가듯 그림을 읽어갈 수 있으면 그리는 사람과 보는 사람의 즐거움이 생길 수 있습니다.

아이들의 이야기는 그렇게 복잡하고 포괄적이거나 전략적이지 않습니다. 생각 속 정리 방에서 나온 이야기 하나가 상황을 연상시키고 확장하기 때문에 단순하면서 명료하고 순수합니다.

아이들의 생각과 감성을 있는 그대로 표현하여 그림으로

나타내어줍니다. 그 과정에서 의인화나 은유 또는 과장을 하여 그림의 재미를 이끌어주기도 합니다.

▲ 9세 남아 그림

홍팀과 청팀의 권투 시합을 그린 장면입니다. 커다란 글러브에 맞아 눈물을 글썽이는 장면이 익살스럽게 표현되어 있습니다.

그림 뒤편에 열광하는 사람들의 모습과 전광판에 표시된 점수도 이 장면의 흥분과 아슬아슬하게 고조된 분위기를 한껏 나타내주고 있습니다.

작은 손끝에서 시작하는 우리 아이 그림

이 그림을 보면 찰나의 순간을 현장에서 바로 보는 것처럼 한눈에 알아보기 쉽게 설명되어 있어서 그림 속으로 빠져들게 합니다. 아이들의 이야기보따리가 술술 열려서 말하고 싶고 표현하고 싶은 내용이 펼쳐지는 것 같습니다.

무엇을 하고 있나요?

그림을 그리기 전에 내가 무엇을 하는 장면을 그릴 것인지 가볍게 생각합시다.

'~을 하고 있어요.'

이렇게 생각하면 그림 그리기가 정말 쉬워집니다. 그다음에 어디에서 일어나고 있는 장면인지 장소를 물어봐 줍니다. 아이들은 그 상황을 생각하며 무엇인가를 하는 장면을 그릴 수 있습니다. 한눈에 장면을 읽어갈 수 있지만, 적절한 장소를 표현하지 않으면 그림의 내용이 부족해 보일 수 있습니다.

그리고자 하는 장면과 장소를 자연스럽게 떠올려 표현합니다. 더불어 그 장소와 장면에 어울리는 주변의 다양한 상황도 연출해 봅니다. 이를 통해 그림 속에서 더욱 생동감 있고 현실감 있는 이야기를 만들어낼 수 있습니다.

▲ 9세 여아 그림

▲ 10세 여아 그림

▲ 13세 여아 그림

워터슬라이드를 타면서 무서워 울었던 경험과 반려견에게

작은 손끝에서 시작하는 우리 아이 그림

간식을 주는 순간이 떠올랐다면 그것을 그림으로 그릴 수 있습니다. 태권도 경기를 하며 땀을 흘렸던 자신의 모습을 생각하며 신나게 이야기 나눈 후 그 장면을 그려보기도 합니다. 그림을 보면 무엇을 하고 있는지 자연스럽게 알 수 있습니다.

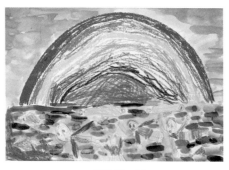

▲ 7세 남아 그림

수영하는 모습을 그린 후 바닷가를 떠올리고 무지개가 커다랗게 바다 위에 펼쳐진 모습을 아름답게 그렸습니다. 바다에는 물고기들과 꽃게도 사람들과 함께 즐거운 물놀이를 하고 있듯이 어우러져 보입니다.

▲ 9세 남아 그림

물고기를 잡으려고 뜰채를 들고 바닷속에 들어가 상어를 만나 놀라는 장면을 상상하여 그리기도 합니다.

이처럼 실제 있었던 장면이 아니라도 상상 속의 이야기를 그릴 수 있습니다. 다양한 상황을 나타낼 수 있도록 마음껏 떠오르는 장면을 표현하도록 돕습니다.

그림에서 '무엇을 하는 장면'을 표현할 때 주의할 점은 중요한 부분을 작게 그리지 않도록 해야 한다는 것입니다. 강조하고 싶은 부분을 크게 그리고 색상을 선명하게 칠할 수 있도록 합니다. 말하고 싶은 장면을 강조하게 되면 누구나 그림을 쉽게 해석하는 데 도움이 됩니다.

한 발짝 물러나 바라보다

    지금까지 내가 그림 속에 있었다면 이번에는 주변의 장면을 바라보고 있는 자신을 표현합니다. 전체 배경을 그리고 카메라를 잡은 나의 손을 크게 그려 자신의 시각에서 바라보는 그림으로 그립니다.

    카메라 렌즈 안에 배경이 한눈에 쏙 들어온다고 생각하고 그려보면 그림 그리기에 도움이 될 수 있습니다.

카메라로 배경을 찍는 모습의 그림

배경뿐 아니라 '무엇을 하는 사람'을 카메라로 찍는다고 생각하고 그 장면을 그려보는 것도 즐겁습니다. 사진을 찍기 위해 자세를 취하고 있는 모습보다 자연스럽게 활동하고 있는 모습을 담습니다.

카메라로 사람들의 모습을 찍고 있는 그림

작은 손끝에서 시작하는 우리 아이 그림

포스터 그리기

많은 내용을 한 장의 그림으로 표현하여 설명하는 방법으로 포스터를 그려보는 것도 좋습니다.

포스터를 바로 그리려면 생각하는 시간이 오래 걸릴 수 있습니다. 이럴 때는 각자의 방에 있는 내용을 하나로 엮어 그림책을 만듭니다.

내가 하고 싶은 주제를 선택해서 이야기 속 보따리를 풀면 각자의 아이디어와 창의력이 어우러져 멋진 그림책을 만들어낼 수 있습니다.

이야기보따리를 담은 그림책 만들기

그림책이 완성되면 그림책 속 이야기를 요약해서 한 장의 책 포스터로 만듭니다. 모두 담는 것보다 가장 나타내고 싶은 중요한 부분이나 주인공을 제일 먼저 크게 그립니다. 그리고 난 후에 부가적으로 표현하고 싶은 부분을 주변에 그려 친절하게 설명해줍니다.

그림책을 먼저 만들고 포스터를 그리면 내용을 잘 알고 있어 집중력이 발휘되고 아이들이 빠르게 그릴 수 있습니다.

작은 손끝에서 시작하는 우리 아이 그림

　포스터 그리기를 하면서 계속해서 물어보거나 의지해서 그림을 완성하지 않도록 합니다. 내용이나 표현이 어색하거나 거칠어도 아이들 스스로 완성하려는 의지에 칭찬과 응원을 해주어야 합니다.

　그림을 잘 그리고 구성이 알차면 좋겠지만 다소 산만하더라도 스스로 그리는 과정이 즐거우면 더 많은 그림을 그릴 수 있게 됩니다.

▲ 9세 남아 그림

　우리나라 군인들의 모습을 종이 한 장에 담은 그림입니다. 국방을 지키는 장면을 네 칸으로 나누어 표현하고 가운데에 태극기를 그려 하나의 느낌으로 엮었습니다. 많은 장면을 담고 있지만, 표어로 마무리하면서 주제에 맞게 잘 어우러져 있습니다.

　이 그림은 평소 군인을 좋아하는 아이가 그리고 싶은 대로 마음껏 표현한 것입니다. 스스로 즐거워하며 적극적으로 활동하는 모습이 인상적이었습니다.

4

–

나를 발견하는 즐거움이 강한 자존감을 만든다!

오늘 하루 중에 가장 인상 깊었던 하나를 꼽아 그림으로 그리다 보면 주변을 생각하게 되고 사람의 모습이 떠오르게 됩니다. 그러한 경험에서 가장 크게 발견되는 것은 바로 나 자신이 될 수 있습니다. '나'는 그림의 이야기를 이끌어가는 주체가 되고 에너지가 됩니다.

자신을 둘러싼 이야기를 만들어가는 과정에서 가까운 가족과 친구들의 표현은 자신을 중심으로 만들어진 이야기이기 때문에 보조적인 역할로 그리게 됩니다.

가장 먼저 크고 자신 있게 그릴 수 있는 사람도 바로 '나' 자신입니다. 하지만 어떤 아이들은 자신은 온전하게 표현하면서 다른 인물들에 대해서는 우스꽝스럽게 그리거나 마음대로 표현하여 자신의 즐거움을 찾으려고도 합니다.

　내 마음대로 그릴 수 있고 자신을 중심으로 그릴 수는 있지만, 실제로 특정 인물을 놀리거나 감정을 상하게 하는 그림은 그리지 않도록 꼭 지도해야 합니다. 다른 사람이 나의 감정을 읽어주길 바라는 것과 마찬가지로 나도 다른 사람의 감정을 읽어줄 수 있어야 경험의 가치가 높아질 수 있습니다.

　진정한 자존감은 이기적인 착각을 버리는 것에서부터 생길 수 있습니다. 우리 아이를 자존감 있게 키우기 위해서는 타인의 감정을 되돌아보는 성숙함이 뒷받침되도록 조언과 칭찬이 반복되어야 할 것입니다.

　물론 너무 타인의 감정에만 몰입해서 주체적인 감정을 누르거나 눈치를 보는 일은 자존감 형성에 악영향을 줄 수 있으므로 아이의 성향과 습관을 잘 파악해서 적당한 피드백을 줄 수 있도록 합니다.

　타인의 감정은 고려하지 않고 자신만 생각하거나 무조건 착하고 모범적인 모습만을 애써 표현하지 않도록 해야 나의 이야기를 솔직 담백하게 그림에 담아낼 수 있습니다.

　아이들 그림의 힘은 기술적으로 잘 그리는 것이 아니라 솔직 담백하고 자연스럽게 표현되는 것에서 나옵니다. 보는 사람 또한 그런 점에서 그림의 힘과 매력을 고스란히 느끼게 됩니다.

이러한 마음가짐으로 힘과 매력이 넘치는 솔직 담백한 그림을 그리게 되면 그림 그리기가 즐겁고 좋아집니다. 이렇게 즐겁고 좋으면 계속해서 그림을 그릴 수 있고 그림 그리기가 행복해집니다.

더군다나 행복하고 만족스러운 그림을 그리게 되면 자신과 타인으로부터 자연스럽게 인정받게 됩니다.

스스로 자신을 멋지게 생각하고 다른 사람들에게 환호받으며 성장하면 아이들의 자존감이 하루가 다르게 무럭무럭 자라서 뻗어나게 될 것입니다.

온몸이 눈부시게 하얀 은빛 털로 덮인 여우가 있었다. 그 여우의 털은 어찌나 훌륭한지 지방에 사는 여우들까지도 그 여우의 털을 구경하려고 몰려올 정도였다.

다른 여우들이 모두 자신의 털을 부러워하는 것을 아는 은빛 털을 가진 여우는 언제나, 어디를 가나 자신의 털을 자랑하고 다녔다.

하지만 오직 한 마리, 보잘것없는 황색 털을 가진 여우만은 은빛 털을 가진 여우의 털을 칭찬하지 않았다. 칭찬은커녕 부러움이 담긴 눈길 한 번 주지 않았다.

은빛 털을 가진 여우는 황색 털을 가진 여우의 행동이 못마땅했다. 은빛 털을 가진 여우는 모든 것을 자기 편한 대로 생각했다.

'속으로는 부러우면서도 겉으로는 괜히 관심 없는 척하는 거야.'

은빛 털을 가진 여우는 초라하고 보잘것없는 황색 털을 가진 여우를 만나 자신의 털을 자랑할 기회를 노렸다.

그러던 어느 날, 마침내 기회가 왔다. 길을 가다 보잘것없는 황색 털을 가진 여우와 마주쳤다.

은빛 털을 가진 여우가 흐뭇한 미소를 지으며 말했다.

"내 털은 조상 대대로 내려온 거야. 이 털은 우리 집안을 나타내지. 많은 여우가 내 털을 얼마나 부러워하는지 몰라. 그런데 너는 털이 아름답지 못해 속상하겠구나, 그렇지?"

그러자 황색 털을 가진 여우는 아무렇지 않게 은빛 털을 가진 여우에게 말했다.

"너의 털은 너희 집안 대대로 내려온 은빛 털에 지나지 않지만, 내가 가진 이 황색 털은 지금부터 이 땅에 퍼져나갈 수많은

작은 손끝에서 시작하는 우리 아이 그림

황색 털을 가진 여우들의 출발을 뜻해. 그래서 나는 너의 그 은빛 털이 조금도 부럽지 않아."

말을 마친 황색 털을 가진 여우는 다시 천천히 제 갈 길을 갔다.

— 탈무드 중—

다른 사람이 화려하게 그린 그림을 보며 '나는 재능이 없어서 그림을 그릴 수 없다'라고 생각하여 그림을 그리지 않는 아이들이 많습니다.

탈무드 내용처럼 '내가 지금부터 이 땅에 퍼져나갈 출발점'이라고 생각하는 황색 털을 가진 여우가 되었으면 좋겠습니다. 자기 자신만이 가지고 있는 능력은 오로지 자신만이 이끌어갈 수 있습니다.

아이들에게 자신의 존재와 능력을 발견하는 경험이 필요한 이유이기도 합니다. 누군가의 비판을 두려워하지 않고 자신을 발견하고 표현하는 것은 강한 자존감을 키우는 데 도움이 됩니다.

많은 시간과 노력이 필요하겠지만 자신만의 방식으로 당당하게 표현하고 즐기시길 바랍니다. 그렇게 되면 우리 아이와 함께 그림을 그리는 과정은 매우 의미 있는 경험이 될 것입니다.

나를 발견하는 즐거움이 강한 자존감을 만듭니다!

글을 닫으며

–

돌이켜보면 어린 시절 인형 만들기를 정말 좋아했습니다. 노을 진 도림동 동네 어귀에 버려진 007가방을 주워다가 직접 그린 종이 인형을 가득 모았던 기억이 납니다. 심지어 종이 인형에 옷을 입체로 만들어 갈아입히며 궁리하는 즐거움에 하루가 어떻게 갔는지도 모를 만큼 푹 빠져 있었습니다.

사람 그리기가 그래서 더 재미있었나 봅니다. 아무 걱정 없이 그저 신나고 즐거웠던 시절을 종이 인형과 함께 보냈기에 지금도 사람 그리는 것이 편하고 행복한 것 같습니다.

좋아하는 일에 푹 빠져 있으면 실력이 향상되어 자신감이 생기고 힘들었던 순간들도 아름답게 느껴집니다. 반면에 억지로 하는 일들은 어느 순간 거부감만 커지게 됩니다.

미술 활동을 할 때도 마찬가지로 의도적으로 상을 타기 위해 하기 싫은 그림을 억지로 그린다면 즐겁거나 행복하지는 않을 것입니다.

보통 아이들이 대회에 나가 입상을 하면 자신감이 한 뼘 더 자라게 되지만, 누가 시키지 않아도 마음껏 그리는 것과 억지로 그리는 것은 자신감의 지속 시간에서 차이가 생깁니다.

대회에 나가 입상을 하더라도 억지로 그려서 결과를 얻은 아이들은 안타깝게도 그 마음이 오래가지 못합니다. 다시 재미가 없어져 성취감이 떨어지고 그림 그리기가 지루해집니다.

내가 주체가 되어 스스로 그리는 과정에서 즐거움이 차곡차곡 쌓이게 되면 대회 결과에 상관없이 자연스럽게 그림에 꽃을 피우게 됩니다.

이 글을 쓰면서 아이들의 개인 기량에만 초점을 맞추지는 않았는지 스스로 되돌아보게 되었습니다. 완성도를 높이는 것에만 집중하지 않고 그리는 즐거움을 함께 느낄 수 있게 환경을 만들어야겠다는 의지도 다시금 다져보았습니다.

오늘도 '아이들만의 솔직 담백하고 자유로운 그림'을 외치며 자신의 이야기를 그림으로 표현할 수 있도록 노력하고 싶습니다. 그 여정이 녹록지는 않지만, 비 온 뒤 무지개처럼 반짝이는 아이들의 그림을 지켜주고 온 마음으로 격려해주고 싶습니다.

작은 손끝에서 시작한 우리 아이들의 낙서 같은 그림에서 감정이 풍부한 사람의 모습으로 그려지는 감동은 잊지 못할 것 같습니다. 아이들과 함께 마음을 나누고 성장하는 과정을 곁에서 지켜보는 아름다운 순간들 덕분에 열정의 온도를 유지할 수 있었습니다.

이 책을 읽는 독자분들도 자녀와 함께 그림을 통해 사람들의 이야기를 담고 서로의 감정을 읽어 마음을 나누는 소중하고 따뜻한 경험을 하시길 바랍니다.

작은 손끝에서 시작하는 우리 아이 그림

참고문헌

–

『아이들이 사회를 만날 때』, 이현정 · 김양석 · 문덕수 · 김효
원 · 김현진 · 송숙형 · 권국주 · 송지혜, 글항아리, 2021
『풀꽃』 나태주, 지혜, 2021
『성공하는 어린이로 키워주는 탈무드』, 임채영, 가교출판,
2007

우리 아이와 함께 하는
미술 공간

부록
목차

우리 아이와 함께 하는 미술 공간

1. 나의 얼굴 모험을 시작해요!

—

거울에 자신의 얼굴을 관찰하여
연필로 가볍게 그려봅시다.

2. 우리 가족 앨범 만들기

—

우리 가족이 그린 자화상으로
가족 앨범을 만들어 추억을 간직합니다.

작은 손끝에서 시작하는 우리 아이 그림

3. 그림으로 표현하는 나의 생각

—

마음속의 계획을 장면이나 이미지로 떠올려
머리 위에 표현하고 머리카락을 그려 완성합니다.

작은 손끝에서 시작하는 우리 아이 그림

4. 식탁 위에 행복한 기억이 퐁당

—

다양한 음식을 먹고 있는 장면을 그려주고
음식점의 모습도 생생하게 담아줍니다.

5. 눈의 위치를 찾아라!

─

균형 있는 얼굴을 그리기 위해서는
먼저 눈을 중앙에 그려주고, 코와 입을 자연스럽게 표현하며
머리카락은 이마에서부터 풍성하게 그립니다.
동그라미 안에 얼굴을 완성하여 봅시다

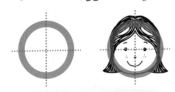

눈을 동그라미 가운데에 그려 균형을 맞춘다!

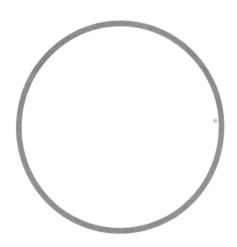

작은 손끝에서 시작하는 우리 아이 그림

6. 생생한 표정의 얼굴 세상

—

동그라미를 얼굴이라고 생각하고 자신만의 관찰과
경험으로 다양한 표정을 생생하게 나타냅니다.

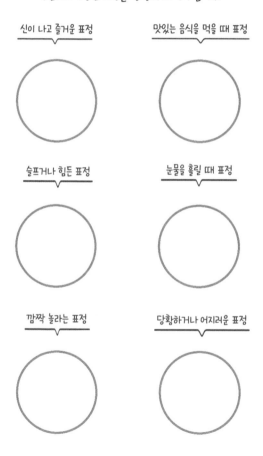

신이 나고 즐거운 표정

맛있는 음식을 먹을 때 표정

슬프거나 힘든 표정

눈물을 흘릴 때 표정

깜짝 놀라는 표정

당황하거나 어지러운 표정

7. 찰랑찰랑 머리카락이 꽃잎처럼 아름다워요

—

머리 모양을 어떻게 그려야 할지 고민된다면 미용실 놀이를 해봅니다.
미용사가 되거나 손님이 되어 상상한 머리 모양을 자유롭게 표현합니다.

우리 아이 미용실

작은 손끝에서 시작하는 우리 아이 그림

8. 가장 쉬운 몸의 표현

—

자신의 몸을 관찰하고 덩어리로 표현한 몸을
천천히 따라 그려보며 연습합니다.

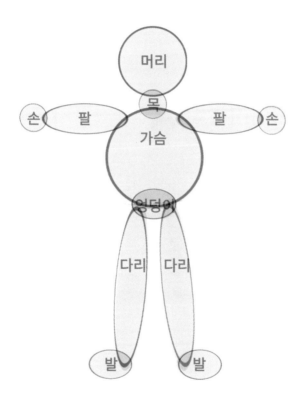

9. 사람 그리기의 꿀팁

—

흔히 하는 실수를 피하여 옆 페이지에 사람을 그려봅시다.
적절한 얼굴과 몸의 크기를 그리고 팔의 위치와 길이에도 주의합니다.
허리에서 바로 다리가 나오지 않도록 하여
자연스러운 사람 그리기를 시도합니다.

작은 손끝에서 시작하는 우리 아이 그림

사람 그리기

10. 손가락을 힘껏 펼쳐라

손가락 그리기는 어렵지만 자주 그리게 되면 점점 자연스러워집니다.
자신의 손을 대고 그려보거나 물감을 찍어 손가락을 익혀봅시다.

작은 손끝에서 시작하는 우리 아이 그림

11. 간질간질 발가락 사이로 연필 나들이

손과 발의 크기를 관찰하며 종이에 발을 대고 연필로 그립니다.
발의 모양을 그려보고 발톱을 알록달록 색칠하면 즐거움이 넘쳐납니다.

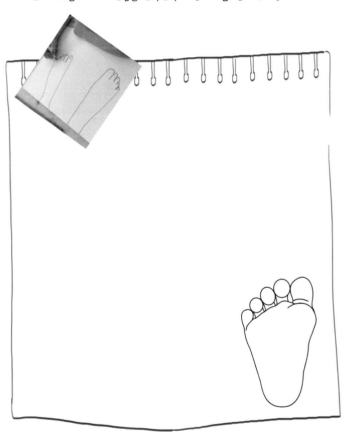

12. 따뜻하게 바라보는 시선

—

얼굴의 방향에 따라 눈의 위치가 변화됩니다.
얼굴을 탁구공이라고 생각하고 자유롭게 방향을 돌려 눈을 그려봅시다.

작은 손끝에서 시작하는 우리 아이 그림

13. 알파벳으로 자전거 그리기

—

다음의 순서를 보고 알파벳 모양으로 자전거를 흥미롭게 그립니다.

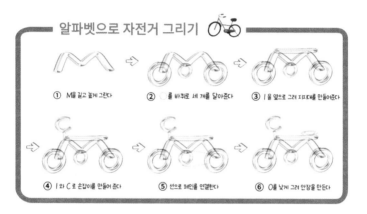

알파벳으로 자전거 그리기

① M을 길고 높게 그린다

② ◯를 바퀴로 세 개를 달아준다

③ I을 옆으로 그려 ㅈ ㅍ대를 만들어준다

④ I 와 C 로 손잡이를 만들어 준다

⑤ 선으로 체인을 연결한다

⑥ O를 낮게 그려 안장을 만든다

14. 씽씽 자전거의 웃음소리

—

자전거에 손, 발, 엉덩이를 먼저 그리고 사람을 완성하여 봅니다.
씽씽 달리는 자전거가 시원하게 느껴지도록 신나게 그려봅시다.

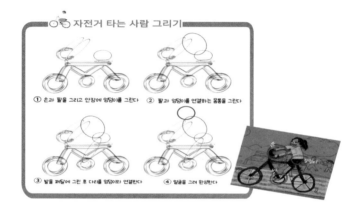

자전거 타는 사람 그리기

① 손과 팔을 그리고 안장에 엉덩이를 그린다
② 팔과 엉덩이를 연결하는 몸통을 그린다
③ 발을 페달에 그린 후 다리를 엉덩이와 연결한다
④ 얼굴을 그려 완성한다

작은 손끝에서 시작하는 우리 아이 그림

15. 운동장을 누비며 달려보자

—

사람의 움직임을 그리는 과정으로 부모님이 달리는 모습을 보여주고
자녀가 생동감 있게 그려보는 활동으로 이끌어줍니다.

16. 생각이 열리는 신비한 문

—

나의 경험과 마음속에 있는 키워드를 생각해보고
각 방에 이름을 먼저 적습니다. 방의 이름에 어울리는 그림을 그려
생각을 정리합시다. 관심사의 크기에 따라 방문의 크기도 설정하면
정리가 더 쉬워집니다. 언제든지 문을 열어 생각을 꺼내보면
일상이 흥미진진합니다.

작은 손끝에서 시작하는 우리 아이 그림